笠間ライブラリー
梅光学院大学公開講座論集
57

源氏物語の愉しみ

佐藤泰正【編】

笠間書院

目　次

源氏物語の愉しみ

秋山虔

「いとほし」をめぐって

——源氏物語は原文の味読によるべきこと——

『岩波古語辞典』によれば「いとほし」は「イトヒ（厭）と同根。弱い者、劣った者を見て、辛く目をそむけたい気持になるのが原義。自分のことについては、困ると思う意。相手に対しては『気の毒』から『かわいそう』の気持に変り、さらに『かわいい』と思う心を表わすに至る。イトシはこれの転」とある。一方、中田祝夫氏編監修『古語大辞典』では、「いとほし」は、身が苦しむ、心を痛めるを原義とする「いたはる」の形容詞形「いたはし」の母音交替形であるとし、「自己に向かってはつらい、心苦しいの意、他者に向かってはかわいそうだ、気の毒だの意となる。このかわいそうだの意が、さらにかわいいの意に転ずるが、両者は保護感情をそそられる状態という点で共通する」と説かれている。山口佳紀氏の執筆である。

右の両辞典とも、この語に対応する現代語を示し、その用例文を掲げているが、しかしながら、「いとほし」に限ることではないけれども、古語、ことに心情表現語の語感は、対応する現代語において活かされることはまずありえなかろう。
『岩波古語辞典』では①困る。いやだ。②見ていてつらい。気の毒だ。③いじらしい。いたいたしい。④かわいそうだ。⑤かわいい。の五項が設けられているが、①では用例文として「人目いとほしう（体裁がワルイ）」〈源氏 行幸〉、「人の上を難つけ、落しめざまの事いふ人をばいとほしきものにし給へば」〈源氏 蛍〉をあげている。
右の行幸巻の例について、その前後を示す。

六条の大臣（源氏）のとぶらひに渡りたまへるを、ものさびしげにはべれば、人目のいとほしうも、かたじけなうもあるを、ことごとしう、かう聞こえたるやうにはあらで、渡りたまひなんや。

この文言は、内大臣（頭中将）の実の娘である玉鬘を自邸に引取っていた源氏が、彼女を実父内大臣に引合わせようがために、その仲介を内大臣の母大宮に依頼すべく、その三条邸に訪れているのだが、この件についてはまったく予想もつかぬ内大臣のもとへ寄せられた大宮の手紙の文面である。その内容は、源氏がいまこの邸に見えているのだが、こちらでは人少なでひっそりしているから「人目のいとほしうも」、また源氏に対して失礼でもあるから、大仰にではなく、私があなたをお呼びしたからというふうではなく、お越しくださらぬか、というのだが、この「人目のいとほしう」

は前記のように「体裁がワルイ」と訳語が示されているが（それゆえ①「困る。いやだ」に括られるのだろう）、そして通行の各種現代語訳においても大同であるが、しかしこうした言い換えでは、とても「いとほし」の語感は伝えられなかろう。いったい前記の辞典では「自分のことについては」「相手に対しては」、あるいは「自己に向かっては」「他者に向かっては」という文言があるが、自分と相手、あるいは自己と他者は別々の存在ではなく切り離しがたい関係にある。すなわち「いとほし」は自他の関係性に規定される心情のありようなのであった。そして自分（自己）と相手（他者）はそれぞれ身分、地位、経歴を生きているのであり、特定の場面にそれぞれの立場から関与する具体的存在なのである。この場合、桐壺帝の妹宮であって、かつては故太政大臣の正室であり、現在、内大臣の母君である大宮は歴とした高貴びとではあるけれども、冷泉帝王朝を支えて今を時めく太政大臣である源氏を迎えては、対等の関係で応対できるものではない。「いとほし」は「かたじけなし」と融通して、やはり源氏に対して適切な扱いができかねる、そのことゆえの心情のありようを表わすのだと考えられよう。源氏に対して、失礼であり見ていてつらい、気の毒であり、かつ自分でも世間体がわるい、立場上困ってしまう、ということになるのであろう。けっして一義的には片づけられなかろう複雑な心情である。

前記のもう一つの用例だが、「いとほしきものにし給へば」の訳語は、「困ったものとお考えになって」とか「気の毒なものとお考えなので」くらいであり、相手に対する自分の気持であるが、いうまでもなくそうした相手の態度に対して自分としてもどのように対応すべきか困却している心情のありようであろう。

『岩波古語辞典』の「いとほし」の③「いじらしい。いたいたしい。」の用例として「〔八宮ノ〕いとほしの人ならはし（感化）や」〈源氏 宿木〉があげられている。中の君を宇治から京に迎えた匂宮は、やがて夕霧右大臣家の六の君のもとに通うようになる。わが子を身籠る中の君への深い情愛に変りはないものの、次第に六の君におぼれていき、そのために中の君への夜離れも多くなる。一方、そうした中の君への思いをつのらせる薫は、中の君や女房たちの衣装の着古るされているこ とが気になるので、たくさんの衣類を贈り届けるのである。匂宮は身分が身分とて、思うにまかせぬ暮らし向きのことには関心が向かないが、薫は細心に気をまわし、思いやりも格別である。薫とて匂宮と同じく気位高く世俗を超越した世界に生い立った貴びとに違いないのだが、世に顧みられぬ落魄の八宮家の日常と触れることによって、世間への、人生への目が行き届くようになった、とある。そうした経緯を受けて「いとほしの人ならはしやとぞ」という語り手の文言が発せられるのだが、宣長の『源氏物語玉の小櫛』に「いとほしきとは薫をいたはりていふ也」と説かれているのは、いかにもそのとおりであろうが、しかし、この前後の叙述に、匂宮とて中の君へのいたわりから、時には柄にもなく細かな内々のことに手を下す、そのような場合、乳母など側近の者の身分をわきまえぬことをという譏らわしげな物言いを誘うことにもなったとあるし、また薫の殊勝な、深切なはからいも、中の君への道ならぬ執心と分かちがたいのだから、対応に苦慮するほかない中の君の誰に訴えようもない心懐が縷述されているだけに、この「いとほし」は、身分や立場からの逸脱に対するはっきりした不承や揶揄とまではいえぬとしても、単純に「いじらしい」「いたいたしい」と言い換えられる「いたわり」ではすまされないように思う。

『岩波古語辞典』の「こころぐるし」の項には「相手の様子を見て、自分の心も狂いそうに痛むのが原義」とあり、次いで「類義語イトホシは、相手の状態を見かねて、目をそらしたい気持、自分の身については困ってしまう気持」とある。源氏物語柏木巻には、死も間近い柏木が母君に対して、

かくて見棄てたてまつりぬるなめりと思ふにつけては、さまざまにいとほしけれど、心より外なる命なれば、堪へぬ契り恨めしうて、思し嘆かむが心苦しきこと。御心ざしありてとぶらひものせさせたまへ。

と訴える条がある。ここに「見棄てたてまつりぬるなめり」とする相手は落葉の宮であり、「堪へぬ契り」すなわち全うすることの叶わなかった夫婦の縁の相手も落葉の宮であろう。しかし、ここに用いられている「いとほし」「心苦し」が共に落葉の宮に対する心情であるとする解釈には従うことができない。その点、『新潮日本古典集成』の「さまざまいとほしけれど」の頭注に「どなたに対してもおいたわしいことですが。父院や母御息所のお嘆きも思われるが、というほどの意」とあり、「堪へぬ契り……心苦しきこと」の頭注に「添い遂げられぬ夫婦の縁が恨めしく（落葉の宮

が）お嘆きになるであろうことが、お気の毒でたまりません」とあるのは、まったく同感である。いったい「いとほし」の心情の相手が落葉の宮ではなく、「心苦し」のほうの相手が落葉宮であると読むほかないのは、「いとほし」「心苦し」それぞれの、前記『岩波古語辞典』に説述されているような語感の差異についての認識に照らしてのおのずからそのように判断されるというものだろう。この柏木の遺言に先立っては、落葉の宮の父朱雀院が、源氏に縁づいたがために不幸な結果を招いた女三の宮と違って、落葉の宮は柏木との結婚によって将来は安心であると仰せられた、そのことを柏木は恐れ多いことと思っているとあるが、その柏木の死の直前の思念が、父院や母御息所に対しては「いとほし」、妻室の落葉の宮に対しては「心苦し」であるのは、まさにそうあってしかるべきであろう。しかしながら、「いとほし」に対しては「いたわしい」、「心苦し」に対しては「お気の毒」という現代語があてられるのでは、それ以外ではありえなかろうけれど、この二つの古語の語感はまったく活かされないのである。

「いとほし」の語は、「いとほしかり」「いとほしげなり」「いとほしき」「いとほしむ」などをも併せて、源氏物語には四〇〇回ほど、そして「心苦し」は三五〇回ほど用いられているが、それぞれに対応する現代語としては、ともども「いじらしい」「気の毒」「かわいそう」「可憐」等々があてられるだろう。従って、本来の語の意味の微妙な差異は消去されることになる。

さて、これまで「いとほし」という心情語を俎上にのせて蕪文を紡いできたのは、たまたま竹西寛子氏の「『いとおしい』という言葉」というエッセー（『ユリイカ』二〇〇四年八月号、後に同名の単行書〈二〇〇六年六月〉所収）が念頭にあってのことである。竹西氏は自衛隊の派遣されているイラクの現状に取材すべく現地に入り、襲撃され死亡したフリー・ジャーナリスト橋口信介氏の妻幸子さんの、家族として現地入りした毅然たる態度に触れ、覚悟の夫の死に動じない、少なくとも外観は冷静なこの人の「かなりひどい遺体でしたが、実際にこの目でみていとおしく思いました」という発言によって喚起された感動を綴っているのだった。「『いとしく』ではない。『いとおしく』なのである。そこには、夫のあわれに対する自分の一方的な感情だけではなく、相手への思い遣りの深さがあり、信頼も敬意もこめられている単純ならざる感情だと思った。夫の仕事とその最期を、誇らしい、意義ある大事として認識していればこそのこの優しい言葉の迫力であろう。（中略）古くからの言葉が、二一世紀の戦場のほとりで他の言葉には代えられない必然性が生き、何よりも自然であったから美しかった。」この文章を私は反芻した。氏の「いとしい」は一方的な感情の表現であり、「いとおしい」は単純ならざる「古くからの言葉」とする認識が私の念頭を去らなかった。（手許のある国語辞典には、「いとおしい」には「→いとしい」、「いとしい」には「→いとおしい」とあって私を唖然とさせた。）

もう一つ、ここで加えておきたいのは、リービ英雄氏著『越境の声』（二〇〇七年十一月刊）の冒頭のリービ英雄・富岡幸一郎・沼野充義ら三氏による鼎談「文学はどこへ向かうか」のなかのリービ氏の次のような発言も私には忘れられなかったということである。「『古典』を翻訳すると、それはもう『古典』じゃなくなる。いちど翻訳を通すと現代文学になってしまう。これは日本の国文学者からするとスキャンダラスなことですが、同時代文学になるんですね。」鼎談の文脈から切り離されて私の脳裡に刻印されていたこの発言は、源氏物語の現代語訳といえば、必らず俎上にのる、そして現在も刊行されつつある歌人・作家のいくつかの訳業がそれぞれ顕著に個性的であり、私をして言わしめればそれらは訳者によって創られた作品として享受するほうが適切であるという見解と吻合するからであったといえよう。現代の人に読んでもらいたいという思いから源氏物語の現代語訳の作業に従事されたという瀬戸内寂聴氏が「とにかくわかりやすいように書いて、それで最後にはおもしろいと思えば原文を読んでちょうだい、という気持なんですね」と語っているが（「源氏物語の魅力を語る」『源氏研究』第三号一九九八年四月）、この発言も私なりに重く受けとめている。

源氏物語の主題と構想

目加田さくを

源氏物語の主題は何か、というと、それは、『人間の生』leben・生命・生涯・運命は何か、という問題である。

紫式部は、人間を、群の中の個、血統の中の個としてとらえる。歴史的にみれば、人間が宇宙に存在しはじめて以来の遠い祖先から生まれつぎ、近くみても曾祖父母・祖父母・父母・自己・子・孫・曾孫…へと伝わってゆく血統の中の個。方処的には、自己・家族・隣人・国・世界へとかかわる個とみる。こういう考え方は作者の教養に基づくものと筆者は考えている。

その一　史記学習

紫式部が生きた十世紀・十一世紀の日本では、大学寮の教科は、四書（大学・中庸・論語・孟子）、五経（詩経・書経・易経・礼記・春秋）、三史（史記・漢書・後漢書）であった。中でも司馬遷の史記は重視された。紫式部は文章生出身の父藤原為時から特訓を受けていたようである。史記は前漢の太史公司馬遷が李陵を弁護した為、宮刑を課せられたが、ひるまず「李将軍列伝」で悲運の李将軍陵の生涯を明らかにした事で有名。漢の為に匈奴討伐に全生涯をかけた武門李家。功は大にして報いられる事の乏しかった悲運の一門である。「漢の飛将軍」と匈奴に恐れられた広将軍の悲惨勇猛な生涯から説きはじめ、その三子当戸・椒・敢にふれ、当戸の子、陵に及ぶという述べ方をする。人間を語るに際して、この方法を式部は学んだ。連戦の帰途、八万の單于軍に包囲された陵の軍五千、「兵矢既尽、士死者過半」という状況で苦闘八日、「食乏而救兵不到」、遂に降ったが、漢の処置は、陵の母妻子等を族するという、むごいものであった。李陵の為にその正当な評価を主張しつづけた司馬遷の志は、班固にうけつがれ、漢書李陵伝で李陵の為に一層詳細に、事実が述べられ、漸く李陵に光があてられた。古代中国史家は己の命を賭して、権力者によって歪曲された事件ではなく、あく迄も歴史事実を正確に記述することによって、後世の正当な評価をまった。この不屈の精神が、史記・司馬遷の精神。これに紫式部は深い感銘を受けたようである。源氏物語における史記引用の様相がそれを証し、源氏物語を貫く作者の厳かな人間批判、事実提示の姿勢が、それを物語る。史記の精神は、大学で七百七十日かけて史記を学んだ日本の知識階層に浸透していった。文章生出身の為時から式部へ伝わったその跡を、源氏物語の中に跡づけてみよう。源氏物語に史記引用は十一か所に及ぶ。

源氏物語本文

①榊　戚夫人の見けむ目のやうにはあらずとも

②榊　頭の弁といふが「白虹日を貫けり。太子懼ぢたり」と……

③榊　「文王の子武王の弟」とうち誦じたまへる…成王の何とかのたまはんとすらむ……

④須磨　「……かの鹿を馬といひけん人のひがめるやうに追従する」

⑤明石　人の朝廷にも夢を信じて國を助くる類多う侍りけるを

⑥松風　若君はいとも〳〵美しげに夜光りけむ玉の心地して……

⑦薄雲　さま〴〵の文どもを御覧ずるに唐土にはあらはれても忍びてもみだりがはしき事いと多かりけり。

⑧少女　たゞ四月五月のうちに史記などいふ文は読み果て給ひてけり。

⑨少女　子を知るといふは

史記本文

①呂后本紀　太后遂断戚夫人手足、去眼煇耳、飲瘖薬、使居厠中、命曰人彘

②鄒陽伝　昔者荊軻慕燕丹之義、「白虹貫日、太子畏之」

③魯周公世家　周公戒伯禽曰。「我文王之子。武王之弟。成王之叔父。我於天下又不賎矣。」

④始皇本紀　趙高欲為乱、恐群臣不聴。乃先設験、持鹿獻於二世曰。馬也。

⑤殷本紀　武丁夜夢得聖人。名曰説。

⑥鄒陽伝　臣聞明月之珠。夜光之璧。

⑦呂不韋列伝　呂不韋取邯鄲諸姫絶好善舞者與居。知有身。子楚従不韋飲。見而説之。…乃遂獻其姫。姫自匿有身。至大期時。生子政。…太子政立為王。尊呂不韋。為相國

⑨李斯伝　胡亥曰。明君知臣。明父知子。

⑩周本紀　楚有養由基者。善射者也。去柳葉百歩而射之。百發而百中也。

⑩若菜下　柳の葉を百度あてつべき舎人ども
⑪竹河　塚の上にもかけ給ふべき御心の程と思ひ
給へましかば…

⑪呉世家　季札之初使。北過徐君。徐君好季札劒。
口弗敢言。季札心知之。為使上國未獻。還至徐。
徐君已死。於是乃解其宝劒。繫是徐君冢樹而去。

○史記引用の効果

①作中人物（藤壺）の恐れの予感を表白するに最適。教養ある后妃形成。
②④作中人物に、史記の本文を引用して、源氏物語に隠然たる勢力をもつ源氏を非難する。
③作者が直接的に、史記の文をよすがに権力者源氏を厳しく批判、鉄槌を加える。
⑤⑥明石入道の形成―教養―に必須。
⑦冷泉帝に自己が不倫の子だという認識を深めさせる、作者の政治批判の表明。呂不韋の計画的手のこんだ政権把握（始皇帝の仲父・相國・文信侯）と源氏の自然発生的な政権把握（冷泉帝の太政大臣・準太上皇・六条院）とは、作為、不作為の相違はあるが、実質的には同じ。読者は作者の意図するところに、必ず気付くはず。
⑧夕霧の優秀さを示す史記学習の記事。源氏は嫡男夕霧に寮試を受けさせる為に家庭教師をつける。夕霧は大学で七百七十日をかける史記を四、五か月であげる。受験前に父の前で予行練習を試みさせられるが、史記の難解の巻々を難なく読解した。寮試―（実際は史記テスト）―に合格し擬文章生となったと物語る。当時、官吏登用試験に史記が重要視されていた。史記学習を詳しく物語るのは、作者がいかに史記を重視していたかの証左。

⑨史記以来有名。大宮邸の女房らの教養を示すに十分。
⑩故事披露。作者の教養の誇示。
⑪少将の人物形成―教養―上必須。

○史記学習による紫式部の開眼

史記の説く、紀元前二千年来、五帝、夏・殷・周・秦・前漢とつづく中国史の展開を読んで、式部は先進国中国王朝の盛衰・興亡を識った。その間、明君あり、暗君あり、英雄あり、美姫ありの中国史は、聡明な式部に、おのづから、自国のそれと比較、考察する機会を与えた。高文化圏中国の歴史を知って、式部は、はじめて日本の伝統的観念・意識から開放され、曇りのない明徹な目をもって日本の歴史、社会、天皇、大臣等々を俯瞰する態度、即ち、物語作家の態度・小説家としての姿勢をもつこととなったと、筆者は考えている。

○歴史事実の提示

史記における厳正な歴史事実の提示は紫式部に、人間の行為に対して下される天の厳かな判定(宇宙の法則)の存在を悟らしめた。李将軍列伝において、悲運の最期を遂げた李広の条で、将軍李広は、匈奴討伐で大功がありながら、侯に封ぜられることはなかった。従弟の李蔡の出世はもとより、才能も功も彼に及ばぬ輩が、匈奴討伐の軍功でそれぞれ侯に封ぜられている。不満を王朔にもらした時、王朔は「将軍は今迄、遺憾に思っている事はないか」と問う。そこで李広は、かつて隴西守時代、叛いた羌人を詐って降し、八百余人を殺した事を、今に至る迄悔いていると告白。王朔は「その降人を詐って殺したことこそは禍となって、将軍は侯になれなかったのだ」と告げた。此禍、詐り降した八百余人を殺した事の報い—厳正な歴史事実の証があるだけに、式部の心魂に強い衝撃を与えたと思われる。

その二　仏教思想—因果応報思想の受容

式部の生きた十・十一世紀の日本は、仏教思想が朝野にゆきわたっていた。人々は方々の寺に参詣・参籠したし、諸処で催される法華八講に出かけた。又、往生極楽を願って写経に励んだ。紫式部も亦、仏典に相当通暁していた事は、源氏物語に屡々採用される諸経典、源氏世界で恒常的に行われる仏事の頻繁な設定から容易に察知できる。式部には「ただ思ひかけたりし心の引く方のみ強くてものうく…罪も深かり」と日記に記すように、かねて出家願望があった。因果応報の思想に深く馴染んでいた。源氏物語中、源氏は、不倫の子薫出生に直面して、「さても怪しや。我が世とともに恐ろしと思ひしことの報いなめり。この世に、かく、思ひかけぬ事にて、むかはりきぬれば、後の世の罪は、すこし軽むらんやと思す」、己が不倫の罪の報いだと悟る、とする。

作者紫式部は司馬遷流の史観と、仏教の因果応報思想をもって、人間を俯瞰していた、と筆者は考えている。

『人間の生』leben とは何か、という問題を、後出の歴史物語大鏡は、人間の権力欲・それにかかわる政争に主軸をおいて物語る。源氏物語は、人間の愛情に主軸を置いて、人間の生を説くのである。大鏡作者は男性（漢文芸作家圏に属する人物、当時の知識階層の男性）であり、源氏物語は、政界から隔離されていた女性作家紫式部であることとの自然の帰結であろう。

人間が生きてゆく上で必須不可欠の条件は、生命（身体と精神）の保全である。それが脅かされる、又は奪われる恐怖は人間にとって最大の恐怖である。したがって殺人が大罪となる。殺戮・傷害を事とする戦争のない平和時の社会では、政争による地位剥奪・追放は、精神の殺害・傷害に匹敵する。血みどろの殺戮もなく、激しい政争もない時代、人々が平和な生活を営む状況にあっては、結婚生活を脅かす姦通は、その被害者にとっては、精神の殺害・傷害の苦悩である。姦通が大罪とされる所以である。人間の生を愛情の面からみる源氏物語は、姦通（就中、最もゆゆしい大罪、后妃・継母を犯す姦通）に軸足を置いた。

作者は源氏物語で、主人公光源氏―（人間の代表）―の物語を、どう物語っていくか、というと、光源氏出生前、父母の時点から語り始め、一代目光源氏の時代は、源氏出生から三十三歳まで。少・青・壮年に及ぶ華麗にして多情多恨の活躍期。次の二代目の時代は三十四歳から五十二歳まで。源氏は舞台正面の奥に控え、表舞台には、長男夕霧、長女明石姫、養女玉鬘（従兄の長女）、柏木（従兄の長男）、雲居雁（従兄の三女）、兄朱雀院の女三の宮達が初々しく溌剌と登場し、花やかに活動する。源氏は彼らとそれぞれにかかわり六条院の栄華は頂点に達するが、早くも崩壊が萌す姦通の報いがまざまざと現れる。源氏が隠居引退を宣言した五十二歳十二月晦日で幕。八年後、源氏死後、三代目の時代は、源氏の孫匂宮、次男薫（実は従兄の孫）と、弟八宮の遺児宇治三姫の物語。

薫十四歳から二十八歳まで。源氏が生きていれば七十五歳まで。三代目の時代、源氏の怨念を負う薫は、自己の出生の秘密に悩みつづけ、仏法に救いをもとめて訪れた宇治で、めぐりあった大君に恋するが、結ばれないまま亡くし、悲嘆にくれる。漸くその人の人形《ひとがた》浮舟をえて愁眉を開くが、まもなく匂宮に浮舟を犯されてしまう。匂宮は源氏の孫。薫と匂と二人の愛のはざまで、浮舟は自己を亡くす事が、二人の関係を修復する唯一の道と悟って入水決意、失踪、救出されて後、強引に出家。浮舟の存在をしったが一切事情がわからぬまま、薫は悩みつづけるところで、源氏物語五十四帖は幕。七十六年間にわたって語り続けられるのが、光源氏の生。三代にわたる源氏因縁の生が提示される。人間の生とはかくのごときものと作者はいう。それで、源氏は救われたのか、果して、人間に救いはあるのか。作者は答を出している。

源氏物語の構想

源氏物語は、三大姦通事件を主軸として構成される。第一の姦通事件が第二の姦通事件を呼び、第二の姦通事件が第三の姦通事件を招く。それはすべて第一の姦通事件に帰結するという緊密な関係にある。

主人公（名は不明・源氏・光君・光源氏と呼ばれる。源氏とは源姓を賜り臣籍に入った天皇の子の意。）「光君」とは高麗の人相見が、「光る君」と讃えて呼んだという仇名。単に、光り輝く美貌というだけではない。彼の身辺に漂う気品・風格が高雅で、しかも、接する人々が皆、何ともいえぬ親愛の念に浸る。当時の言葉で「愛嬌溢れる」人物。更に、卓越した頭脳・才質をもっている、この世に稀有な素晴らしい、まさに光りかがやく君、という意味の名前。これが源氏物語の主人公。

○光源氏の心性の両面・『まめ』と『すき』

源氏の心性には、「まめ心」と「すき心」との両面がある。「まめ」とは、真面目・真摯・真剣・誠実の意味。政治家として真剣に国政にあたる、是非曲直を公平に判定する判断力・理性。一家の長として家族の身命の保護、権益の保持拡張を計る心。宇宙の絶対者・神仏に対して謙虚にぬかづく真摯敬虔な心。君親に対する誠実な真情。等々。凡そ人間としてもつべきまじめな心性を、源氏は十分にもっている。「すき」は「色好」と同じ。「色好」は好色。「好」には形容詞「よき」、「好色」は「好い色」、「美しい色」の意と、動詞「このむ」「すく」の両義がある。「色を好む」の『色』とは「好い色」「美しい色」、今日の言葉で言えば、「美」の意。「美を好む、美をひたすらに追求する、更に進むと、命がけで美を追い求める、のが色好、すきの意味。人間の心を最も深く揺り動かすもの、魂を奪ってしまうような美は、―(十一世紀の日本は男性主導社会。したがって人間即男性)―若く初々しい女性の美であろう。「色好」が多くの場合、「美女好み」という意味に用いられるのは、自然のなりゆきというもの。それが、変質して「女性」でさえあればいい、という「女好き」にまで下落する。これが「色好」の最低線。美の追求は感覚に訴える美にとどまらない。春夏秋冬、折にふれ、事に直面して動く人の心の繊細微妙なゆれに、ハッと感動する、当時の言葉で、「あはれ!」と心うたれる、つまり、「もののあはれしる心」これが、「色好」「すき」の真骨頂・身上。もののあはれしる心は、宇宙の生きとし生けるものに注ぐ、あつい愛情。「色好」、「すき」はこのように汎い範疇をもっている。この、「まめ心」と「いろごのみ・すきの心」を強くもっているのが生命力溢れる源氏。源氏は人間の代表であり、理想的人間。人は皆、この両面の心性をもつというのが作者の考え。源氏が辿る生の軌跡は人間が辿る生の軌跡に他ならぬと作者はいうのである。

次に源氏物語の構成を表示する。

	第一姦通（(主)・(副)）	報果	第二姦通	報果	第三姦通（(主)・(副)）	報果
	(主)				(主)	
被害者	桐壺帝		準太上皇源氏		柏木男薫	
加害者	主子源氏 副中宮藤壺	第二姦通被害者 出家　死後苦患	主故北方甥柏木 副北方女三宮	死 出家	主源氏孫匂宮 副八宮女浮舟	ナシ 出家
不倫子	冷泉帝	在位中皇子なし	薫	第三姦通被害者		
	(副)				(副)	
被害者	朱雀帝				前夫	追放
加害者	主弟源氏 副朧月夜	流謫 謹慎			主後夫 副右近姉	殺害 追放

「人間世界に発生する事件には、そうなるべき原因がある」というのが、作者の認識である。

第一姦通（(主)・(副)）　(主)藤壺事件　(副)朧月夜事件

第一姦通（(主)姦通）の業因（藤壺事件）

一　桐壺帝の色好と偏愛―（これが諸悪の根源）　帝の御年ねびさせ給ひぬれどかうやうの方はえ過させ給はず…

桐壺宮廷には濃厚な色好の雰囲気があった。父帝の色好の素質を受けた光君が、色好の雰囲気濃厚な桐壺宮廷という環境で育った。父の後宮通いにも同伴されて成人したこと―色好源氏の形成―

○桐壺帝の桐壺更衣への深い愛執と藤壺偏愛。

○桐壺帝が積極的に、藤壺と光君との接近をはかった。

二　藤壺が桐壺に酷似していた。光君は亡母に似るという藤壺を慕う。

三　婚姻時における男女年齢差のひずみ。年齢上不自然な結婚。

(a)　桐壺帝は、子等と同世代の藤壺を入内させたこと。年齢差のひずみ、無理があった。桐壺帝は先帝皇女に―わが女みこたちと同じ列に思ひきこえんと懇に聞えさせ給ひ―（御母后もお亡くなりで御寂しいでしょう。私はうちの内親王達と思ってお世話しますから、宮中にいらっしゃいませんか）―流石に照れてこう申し込んだのである。年齢上不自然な結婚である。光君十一歳の時点とすれば兄（後の朱雀帝）皇子十四歳、藤壺十六歳で、帝は恐らく三十歳はこしていたであろう（因みに、源氏四歳の時、兄七歳で立太子とするのは作者のケアレスミス。この時前坊は在世中。前坊死去は光君十三歳八月で六条御息所二十歳。前坊死去後九月、兄立太子十六歳）。

(b)　光君十二歳元服　源氏となり、葵上十六歳、年上の女性と結婚した事。…＋4歳源氏十六歳頃から七歳年上の六條御息所に通う事。…＋7歳。十七歳、源氏はひとかどのドンファンになり、年上の人妻、人の娘、おかまいなしのラヴハント。

四　弘徽殿女御の怨念　○桐壺帝が弘徽殿女御の子第一皇子よりも桐壺更衣の子第二子光君を偏愛した。○桐壺帝が藤壺女御を、弘徽殿女御をさしおいて、中宮に立てた。○兄の皇太子よりも、臣籍の源氏が人気絶大であった。

○第一姦通事件（㊟）発生（藤壺事件）

光源氏は、亡母桐壺更衣に酷似という藤壺女御（五歳年上）に、初めは、「母への思慕」を寄せていた。四歳年上の葵上と結婚し、又七歳年上の六条御息所に通うようになって以来、「理想の女性への恋」と変り、遂に、帝妃であり、継母である藤壺を犯し、いつ露見するか戦々兢々としながらも密通を続ける。遂に不倫の子出生となる。律（逸文雑律）によれば

姦條「凡姦者徒一年。有夫徒二年。強者各加一等…　姦父祖妻條「姦父祖妻者徒三年、妾減一等…

帝妃を犯す姦通の姦條は残存していないが、大罪である事は自明。

○第一姦通（㊟）の原因（朧月夜事件）

光源氏の色好。帝の秘蔵子であるという光源氏の傲り。絶世の美貌・すぐれた資質をもっているという自負。

○第一姦通（㊟）発生

源氏二十歳の二月。紫宸殿の桜花の宴、夜更けて弘徽殿に立ち寄った源氏は、細殿で朧月夜をと

らえ契ったが、朧月夜は四月東宮入内の身である。二十三歳十月、桐壺帝他界、兄朱雀帝の代となり、朧月夜は尚侍となるが、二人の関係は続く。右大臣邸へ宿下りした朧月夜に、大胆不敵にも源氏は通う。同邸には、弘徽殿大后（右大臣長女）も住んでいる。雷雨の夜、密会の現場を右大臣に発見され、直ちに母弘徽殿大后に報告される。弘徽殿母后の怒りは極限に達した。母后・右大臣を恐れぬ不遜の振舞。帝の寵妃と密通とは、これ亦、並々ならぬ大罪である。

○第一姦通（㊟）の報果

1光源氏　①須磨流謫　表面上は、朱雀帝後宮との密通事件（副姦通）の罪を償うために、自らに徒を課した形で須磨に謫居。実は㊟姦通の露見を恐れて、探索の目を遁れる為であった。自己・藤壺・不倫の子皇太子の地位保全の為であり、姦通への反省、悔悟が乏しい。これでは十分の報果ではない、天の目（宇宙の法則）は許さない。②第二姦通の被害者となる。abcdと全く同じパターンで報われる。

被害者	a桐壺帝	…………a準太上皇源氏
加害者	b次子	…………b亡妻の甥
相　手	c中宮	…………c北方
不義の子	d冷泉帝（表面上桐壺帝の皇子）	……d薫（表面上源氏の次男）

2藤壺　出家　執拗な源氏の思慕を断つ為、子の皇太子と自己（女院）の地位保全の為に出家。したがって不十分。死後苦患に陥る。天は許さない、という作者の認識。

3不倫の子冷泉帝　在位中男皇子なし。

第二姦通の被害者となる事によって、「後の世の罪」は軽くなろう、「消滅する」ではない事を源氏は自覚している

○第一姦通（副）の報果（朧月夜事件）

源氏の自発的な須磨流謫で副の罪は消滅した。そもそも、源氏は入内前の朧月夜と契ったのである。尚侍となった後も続いて姦通事件となったが、女御・更衣ではなく、尚侍であるから罪は軽い。朧月夜の方でも謹慎で罪は消滅。右大臣は、半ば黙認の面もあり、葵上亡き後、北方として貰えれば、と期待していたから、世間ままある恋愛沙汰で、姦通（副）の報いは完了。

第二姦通（女三宮事件）　○第二姦通の原因

①源氏の罪、帝妃・継母と密通し、不義の子を皇子・皇太子・帝へとすすめた国家的大罪。

②朱雀帝の怨念…母弘徽殿大后の怨念。(a)寵妃朧月夜と源氏が密通を続け、彼女の心は源氏に奪われていた事への怨み。(b)朱雀院は六条御息所の女、斎宮に前々から思いをよせていた事を源氏は知りながら、斎宮退下後、朱雀院が早速求婚していたが、源氏は妨害して、幼い冷泉帝に入内させた事への怨念。

③朧月夜の不満。大騒動を起した源氏との恋で、女御にもなれなかったが、関係は続けながら、源氏は正当な待遇をしなかった。

④朱雀院の父権放棄　朱雀院は出家に際し、母のない女三宮の相手を考えた。第一候補の夕霧には

婉曲に断られる。兵部卿宮、柏木、権大納言ら求婚者らを考えるが、判断がつかず、源氏に親代りに娶って欲しいと託してしまう。紫上を育てあげたように、女三宮も頼む、というのである。判断力が無く、自己中心的に物を考える院は、最愛の北方紫の上のもと、漸く均衡を保っている妻妾同居の六条院に、女三宮が降嫁したら一体どうなるか、考えもしなかった。熱心な求婚者柏木について考慮すべきであった。院は柏木はまだ若いというが、夕霧よりも年長。しかも太政大臣嫡男、前途洋々。何よりも未婚である。才質もあり、落ちついた人柄の青年貴公子。弱者朱雀院は、最愛の女三宮に対しても、父権を放棄し、一切を強者源氏に任せてしまって、出家生活に入り、凡ての煩わしさから離れたいと思った。

⑤源氏の好色・藤壺の若い姪への関心。

⑥柏木の一途な純情。(a)身分は太政大臣嫡男。衛門督。学才も無難で、温和誠実、落ち着いた人柄。将来夕霧と相前後して、国政を執る枢要な地位に立ち、いずれ太政大臣にも登ると予想されている人物。(b)未婚。「皇女ならでは得じ」の高い志向をもっている。(c)女三宮の熱心な求婚者。堂々と父太政大臣の後援のもとに、叔母朧月夜尚侍を介して朱雀院に働きかける。(d)朱雀院は柏木を、一応高く評価した。しかし、今直ちに幼稚な女三宮を親代わりになって北方とするには荷が重すぎると考えた。(e)柏木は愛する女三宮が、あの理想的な紫上、花散里、明石の住む六条院に降嫁して、果して幸せになれるか、不安。(f)源氏の死後は、女三宮はどうなる、と考えると、希望が湧く。柏木の執着は断ちきれない状態。十年後か、二十年後か、わからないが、

待つというのである。この一途な思いを、直に女三宮に訴えたい、わかってほしいと願った。
⑦女三宮の幼稚　(a)慎みもなく幼稚な女三宮は蹴鞠みたさに端近に出て、猫の騒ぎで立姿を柏木に見られ、柏木の恋に拍車をかける。(b)柏木は女三宮に対面しても、かしこまって、切ない意中を訴えるだけ、のつもりであった。さぞ此方が気恥ずかしくなるように気高く犯しがたい気品ある皇女であろうと予想していた。しかし、実際の宮は全くさにあらず、ただ、おどおどとわなないているばかり。一瞬、くみしやすいという安堵感が湧く。「さかしく思ひしづむる心もうせて、いづちもく〵ゐてかくしたてまつりてわが身も世にふるさまならず跡絶えてやみなばやとまで思ひ乱れ」てしまう。(c)柏木の文を茵の下に隠していて忘れてしまう。源氏に発見され、姦通露見。(d)女主人公が幼稚な為、身辺の女房達の躾が出来ていなかった。女三宮が就寝中、床下に侍している筈の女房がいなかった。(e)柏木の手引きをする小侍従のいいなりになり、果は小侍従に罵倒される等、女三宮は全く小侍従にすら軽視されていた事。
⑧結婚時の年齢差のひずみ―柏木が諦めない理由―源氏四十歳　女三宮十四・五歳　柏木二十四・五歳　夕霧十九歳。
○第二姦通発生（女三宮事件）
　加害者として怨念をもつ弘徽殿大后・朧月夜の甥を作者は設定。又、怨念をもつ朱雀院の女三宮を副に設定。四十歳の源氏は、夕霧が断った女三宮降嫁を、二つ返事で受諾。六条院には、春の御方紫上、夏の御方花散里、冬の御方明石がそれぞれ細心の心配りを交して均衡を保って住んでいる。

皇女降嫁で、紫上は北方の座を譲って、東の対の御方となる。紫上は懸命に気持をおさえて、穏やかに優美な交わりを続ける。他方、一途に女三宮を熱愛する柏木は、六条院で女三宮は、表面上、北方扱いを受けているだけではないか、と案じられてならない。何れ、わが父と同輩の源氏は逝去されるだろう。その後こそ女三宮をと、その時節を待つ心境。

帝と上皇との絶大なる後援者をもつ女三宮に対し、後援者のない紫上は、源氏の愛一つを力に生きてきた。紫上を最も愛している源氏だが、色好源氏は若い女三宮の魅力にも強く惹かれる。いつの間にか夜の訪れが半々になった。いずれ、女三宮の方に多くなるのは時間の問題だと、ひしと紫上は自覚し、この上はと、出家──(夫としての源氏拒否)──を決意し、源氏に懇願するが源氏はとんでもないと許さない。源氏には紫上の心痛が極く一通りしかわかっていない。最愛の妻に出家されて、どうして生きてゆけようか。まあお待ち、その中一緒に出家しよう、という。紫上は危惧からストレスが嵩じて発病。二条院に出て療養(六条院退去)。重態となり、源氏はつきっきりで看病。六条院を留守にしている中、小侍従の手引で柏木が女三宮に接近。切なる意中を直に訴えるだけのつもりだったが、あまりにも稚く、唯、おどおどとふるえるばかりの可憐さに、源氏北方への畏怖は失せて、いじらしい気持だけになり、とうとう犯してしまう。密通はすぐ露見。女三宮が柏木の文を茵の下に置き忘れ、源氏に発見された。まもなく不倫の子薫出生。源氏は生まれて初めて激しい屈辱と嫉妬、憤怒を体験する。ダンディ源氏がコキュにされた事は、ダンディ源氏の全否定を意味する。しかし表面には出せない。源氏のプライドが許さぬ。女三宮は兄上皇にとくと後見を

委嘱された幼妻。源氏のさりげない冗談の中に放たれる鋭い視線をうけて、純情な柏木は発病。や

がて死去。女三宮は執拗な源氏の嫌味に堪えきれず出家。源氏は柏木の子薫を次男として六条院で

育てる羽目になる。日に日に柏木に似てくるあどけない薫、源氏の怨念は心底深く澱んでどす黒く

なるばかり。

いた。

①源氏は桐壺帝の秘蔵っ子であった。柏木は源氏の故北方の甥、親友従兄の嫡男で源氏に愛されて

○第二姦通の報果　実は第二姦通は、第一姦通の報果。同じパターンで報いられたのである。

②加害者藤壺は帝妃（中宮）女三宮は準太上皇源氏の北方。

③不義の子を桐壺帝は皇子とし皇太子とする。源氏は薫を次男として待遇する。

一見同じパターンで、源氏は生きながら報復を受けた。しかし、省察すると第二姦通の罪は軽く第

一姦通の罪は重い。

1帝妃・継母を犯した第一姦通（主）は大罪。臣下の妻との三角関係は普通の姦通。帝と準太上皇、

中宮と北方とは匹敵するように見えるが、藤壺は桐壺帝の最愛の后。女三宮は表面上の北方。六条

院をとりしきる家刀自は紫上。源氏最愛の人は紫上。

2　○不倫の子を子として遇したのは同様であるが、桐壺帝は真実を知らぬまま皇子とし、皇太子

とした。遂に天皇の子ならぬ臣下（内大臣）の子が天皇となった。ゆゆしき国家的大罪―始皇帝・

呂不韋のごとき―　○源氏は柏木の子と知って次男として遇した―世間まある事例―　○第一姦

通の被害者桐壺帝は、秘蔵子の源氏と寵妃の藤壺との密通と不義の子出生を知らなかった。死後も亡霊となって須磨流謫の源氏を守った。つまり、怨念が生じなかった、被害者は救われていた。つまり第一姦通の被害者は加害者に怨念がないどころか、強い愛情を持っている。第二姦通の被害者源氏は、姦通を知って、激しい屈辱に憤るが、怒ることも、他言も出来ない。源氏のプライドが許さぬ。後見を依頼されて北方に迎えた立場がある。悶々と苦悩が続く。第一姦通被害者桐壺帝が全く味わった事のない苦悩であり、報いの厳しさであった。第一姦通の加害者達の不義の子が報果として受けたのは、冷泉帝に在位中男子が出生しなかった事だけであった。退位後男子出生。第二姦通の不義の子薫の受けた報果は、父母に代って、第三姦通の被害者（源氏の孫匂宮が加害者となった）とならねばならなかった。それ程、源氏の怨念は強大で恐ろしいものであった、換言すれば源氏は深い業を背負っていた、源氏は容易に救われない、という事である。第二姦通の加害者柏木は死によって償った。つまり、救われた、女三宮は潔く出家した。以後は心身ともに安穏の日々を送る。突然襲われた柏木との密通、実は被害者であったから。経済的には朱雀院の遺産に加えて源氏の遺産を受領し、精神的には、三条院で心優しい薫の孝養に守られ、幸せな後半生を送る。出家で罪は清算完了。姦通とはいえ、幼稚さ故の過失であり、所詮女三宮の罪は藤壺の罪に比べれば、全く、軽かった。柏木は死により、女三宮は出家によって、罪への報復は、余りにも呆気なく終った。両人が苦悩した月日は、まる一年にすぎない。これに比して、源氏の苦悩は、藤壺との姦通露見の畏怖の期間—十八歳より三十二歳藤壺死去までの十五年間—と女三宮姦通、薫出生から源氏の死去迄の六年間、計二十一年間にわたり、源氏の怨念は霽れえなかった。その陰湿・深刻・未消化の怨念は、柏木・女三宮の子薫に向けられ第三姦通を導く。

第三姦通（主）（浮舟事件）　○第三姦通（主）の業因

①源氏の怨念の深さ　何人も比肩しえない美貌、才能、資質、出自をもち、天下一の権力者、準太上皇源氏が、思いもかけず、ひ弱な若輩、目をかけてきた亡妻の甥に虚仮にされた、天下一のダンディがコキュにされた屈辱。かつて覚えたことのない嫉妬を感じることさえ腹立たしい、それも幼稚な、たわいもない女三宮の事で。源氏のヴァイタルホースが強大なだけ、憤怒の深さは尋常ではない。己が大罪を省み、「思へばその世の事こそは、いと怖ろしくあるまじき過ちなりけれと、近き例を思すにぞ、恋の山路はえもどくまじき御心なりける」と自省しても、純情な柏木が死で償っても、女三宮が出家しても、怨の焔は消えない。遂に、柏木・女三宮の子薫の上に怨念の余焔は向うこととなる。

②匂宮、祖父源氏ゆずりの色好と第三皇子の傲り

③薫　(a)己の出生に疑問をもち、人生に対して、社会に対して、思慮深く謙虚な薫は、誠実一途の人物。　(b)仏法を求めに訪れた宇治八の宮邸で、八宮に親炙し、大君に真剣に恋した薫は、大君の死後も大君を慕い続けた事。その人形《ひとがた》として、中君に紹介された異腹の妹浮舟。　(c)薫にとって浮舟は大君の身代りであった事。

源氏物語前編の源氏は、心性に「まめ」と「すき」の両面をもっていた。後篇の三代目では「まめ」の

面は薫に強く「すき」の面は匂宮に強い。この相反する人物の組合せが、被害者と加害者として設定されている。被害者が真面目・誠実な薫、加害者が奔放・我侭な色好匂宮で、加害者本人は、全く、被害者に悪意・怨念はなく、奔放な色好の身、自然ひきおこした姦通事件で、被害者を苦しめることになる。加害者は第二姦通事件の被害者源氏の孫、被害者は第二姦通事件の加害者達の不義の子であった。被害者源氏の怨念が、孫の手をかりて不義の子に報いをした結果となった。その報果である事を加害者（匂宮）も被害者（薫）もしらない。

④八宮が中将（故北方の姪、女房）腹の浮舟を認知せず、母娘を追放し、出入りをすら禁じていた事。浮舟母の八宮家（生存者は中君）への怨み。中君が被害者の一人に。浮舟が加害者に。

○第三姦通（主）発生（浮舟事件）

被害者……薫（柏木の子）　加害者……匂宮（源氏の孫）・浮舟（八宮の未認知の女子）

出生の秘密を持つ薫は世俗になじめず、次第に深く仏教に心を寄せるようになる。宇治の山荘で俗聖の明け暮を送る八宮に心惹かれ、仏法を問いに屢々訪れる中、八宮の信頼を受け、大君・中君の後見を託される。八宮死後、薫は大君に対する慕情が募るが、大君は後見役のない身を考えて、中君を薫にすすめ、自身は後見になるといってきかない。薫は匂宮の懇望をいれて、中君を匂宮と結婚させる。素行のおさまらない匂宮は、母中宮から禁足させられ、新婚後夜がれとなり、妹がもう捨てられたかと、大君は父宮の遺言にそむいたと心痛の中に死去。中君は京の二条院に迎えられ匂宮の北方となる。一切の後見は薫が変らず面倒をみている中、亡き大君への思慕が、中君に及びかけるので、中君は異腹の妹浮舟が、大君にそっくりなのを見て薫に推薦し、二人は結ばれる。宇治の山荘は御堂に改修され浮舟が住む中、深夜匂宮が薫を装って訪れ、裁縫で疲れきっている女房達は元来似ている匂宮と薫、薫に似せて振舞うので暗くもあり、右近が招じ入れてしまう。熱狂的な匂宮に圧倒されて浮舟の心もゆらぐ。遂に薫の知るところとなり浮舟は悩む。姉中君への申し訳なさ、誠実な薫と強烈な匂宮との愛の間で右往左往する心。姦通を危ぶむ母と、姉の不倫の不幸を知る右近の厳しい忠告。恥の意識が浮舟に決意をさせる。浮舟は深く考えをめぐらせる。薫と匂宮、親しい叔父甥の関係が私ゆえに将に破壊されようとしている。それを防ぐ唯一の方法は此の世から自己がいなくなること、「身を隠す」くらいで執拗な匂宮の手を逃れることは出来ないこと。身を亡すこと以外に途はないと思い定めて、宇治川投身の覚悟を固める。眠れぬ夜が続いて身心耗弱の状態になった浮舟は、ふらふらとさ迷い出て宇治の院で失神。横川の僧都の母君が初瀬詣での帰途宿っていて、浮舟を助ける。記憶喪失の浮舟は伴われて小野の尼君のもとで暮すが出家の意志はかたく、遂に出家。僧都が中宮に洩らした話をきいて、浮舟が生きていることを知り、薫は小野を訪れるが、薫にも使の小君にすら対面しない。薫は千々に思い乱れる……

第三姦通　㊄姦通　　常陸の國で右近の姉をめぐる前夫と後夫

報果　前夫が後夫を殺し、前夫も姉も追放され、姉は行方不明

○第三姦通（㊟）の報果…因果終焉の予感…　　加害者　匂宮―なし・浮舟―出家

第一姦通の藤壺は、出家によっても罪は消えず死後苦患に堕ちる。第二姦通の女三宮は、源氏の

嫌味に堪えられずに出家。柏木への愛も源氏への愛も、さして感じない童女的人物。さして求道心があるわけではない。出家しても、息子に経よむ姿を恥じて経を隠すていたらく。苦しまぎれの衝動的出家。しかし心安らか、救われた。第三姦通の浮舟の出家は、薫・匂宮二人の関係を修復し、自己の恥もすすぐ唯一の道ときめた。当時の世界で最も素晴らしい二人の貴公子の愛を受け入れ、愛し、大切にする。同時に自己を犠牲にする事で自己の人間としての、誇り・尊厳を保とうとした。現世での薫・匂宮・自己から完全に出離した。真の出家で救われた。

薫は匂宮の背信を知った時、怒った。又、浮舟に対してもそんな女だったのかと、瞬間軽侮の念も湧き、思いがすっと退いてしまうが、大君の代りとして愛した人は、到底諦められない。何れ飽きられて、女一宮邸の女房になっていよう浮舟を見るのは、とても忍びない、と思う。父帝母中宮に寵愛されて無分別、我侭放題だが人のいい甥を、深く激しく憎みとおすことのできない薫。叔父の愛人でも勝手に奪う色好の甥、と舌打ちして、次の姦通の業因となるような怨念として永く残ることにはならないようである。かくて終幕時にはまだ薫は悩んでいるが、いずれその胸の痛みもいつか薄らぐ。救われるであろう。その頃、漸く源氏の怨念は消滅する。その時、源氏ははじめて救われる。それは、何年先かわからない。人間の生とは、このようなものであると紫式部は物語る。

伊原　昭

『源氏物語』と色

――その一端――

昨年は、『紫式部日記』の、寛弘五年十一月一日の「わかむらさきやさぶらふ」「源氏にかかるべき人見え給はぬに」や、その後の彰子中宮の内裏還御前の冊子つくりなどの、『源氏物語』に関する記事から、千年に当るというので、我国はもとより、海外でも、千年紀の行事が盛んに催されたようである。

紫式部の自画像

紫式部は、日記に、敦良親王の誕生後五十日目の祝儀に奉仕する女房達は「いづれとなく盡したる」という晴の装束であった、と記し、式部は、「二の宮の御五十日は、正月十五日、……紅梅[1]に萌黄[2]、柳[3]の唐衣、裳の摺目などいまめかしければ、取りも代へつべくぞわかやかなる。」のように、紅梅の重袿に萌黄の表着、柳の唐衣、それに摺り裳、その摺目などが派手なので、小少将の君の、桜[4]の織物の袿、赤色[5]の唐衣、例の摺目の衣装、と取りかえたいくらい若つくりになった、と記している。これらの服色によるカラーの自画像で、その姿が鮮明にうかび、寛弘七年正月の式部が千年余をへてよみがえり、只今、現実に会っているような錯覚をおぼえる。

「人から」と服色

『源氏物語』に、式部は、「着給へる物どもをさへ、いひたつるも、物さがなきやうなれど、むかし物語にも、人の御装束をこそは、まづいひためれ。」(末摘花二―P257)と、物語に登場する人物の描写は、まず衣装からと言うような意をのべている。

とくに、光源氏の邸宅(六條院、二條院)に住む最も身近な女の方達に、正月に着用する新しい衣装を贈る、その暮の衣配りの場面(玉鬘二―P370 371)で、「「着給はん人の御かたちに、思ひよそへつゝ、たてまつれ給へかし。着る物の、人ざまに似ぬは、ひが〳〵しうもありかし」…」という紫の上、それに対して、「「つれなくて、人のかたち推しはからんの御心なめりな」…」という源氏。

衣服の模様や色合は着る方々の容姿を考えあわせて、それに合うように選んでお贈りなさい、人柄に調和しないのは見苦しいから、という紫の上に、源氏は、何も知らない風をしていて、柄や色からそれぞれの人たちの顔かたちを推測するのですねと言う。小著[6]に詳しいが、極言すれば、この男・女主人公の会話から、人と衣装の色合は一体であるということが推察されるようである。暮に衣装を贈った人達への、正月の源氏訪問の場面で、このことが端的に実証されるようである。

なお、「柳は、げにこそ、すさまじかりけれ」と見ゆるも、着なし給へる人からなるべし。」（初音二―P385）、また、「濃き鈍色[7]の単衣に、萱草[8]のはかま、もてはやしたる、「中〳〵さま変りて、はなやかなり」と見ゆるは、着なし給へる人からなめり。」（椎本四―P376）等の例にみられる「人からなるべし」「人からなめり」が、この意の率直な表現であろう。

一人々々という個の場合、人と服色は不可分で、色合から個性が推量できる、という意の哲学を作者は示しているが、これが、個人が参集して集団になっている、例えば、行事・儀式、又、あそび等々の場面に描かれている人々や物の色から、催される目的や意義等を推測することもできる、ということも、式部は言いたかったようである。

一場面と色―「絵合」の巻―

当時は、例えば、『紫式部日記』をみると、同僚の弁の宰相の君の様子を、「絵にかきたるものの姫君のここちすれば…『物語の女のここちもしたまへるかな』…」（P446）とあり、又それぞれの女房の有様を、「唐絵をかしげにかきたるやうなり」（P463）、「女絵のをかしきにいとよう似て」（P464）、「御五十日は、……例の人々のしたてのぼりつどひたる御前の有様、絵にかきたる物合の所にぞ、いとよう似て侍りし。」（P468）などとのべている。これらからも、絵が身近なものの一つであったことが知られる。作者も、夫宣孝からの文の返歌の詞書に「文の上に、朱[9]といふ物を、つぶ〳〵とそそきかけて、涙の色をと、かきたる人のかへり事に」（『紫式部集[10]』三一）と記しており、紅の涙の意を絵的に示したというのであろう。

『源氏物語』では、「この頃世には、たゞ、かく、おもしろき紙絵を整ふることを、天の下いとなみたり。」（絵合二―P181）と、紙に描いた興ある絵をそろえ集めることが天下の流行である、と絵画の盛んなことをとり上げている。これは、時の冷泉帝が絵を好み、後宮の、梅壺女御方には、「いにしへの物語、名高く故あるかぎり」、弘徽殿女御方は、「その頃、世に珍しくをかしきかぎりを、選り書かせ給へれば」（絵合二―P178）、のように、盛んに絵を集め、高名な画家、能書家も活躍した、そうしたことが背景になっているというのであろう。

とくに当時は、あそびの一つとして、多くの人が集まり、同じ物を持ち寄り、左・右に分れ、互にその物の優劣を競い合い、勝敗を決める、「物合」[11]が上流社会に流行したといわれる。

『源氏物語』には、藤壺中宮、さらに冷泉帝を中心に、絵が主題のあそびが催されたとある。両後宮の対抗意識から双方で選び集めた絵を合わせてみようという機運が盛り上り、その競い合いが繰りひろげられたわけで、「絵合」の巻に詳しい。

物合は、天徳三年に行なわれた詩合に先立って歌合が起り、ついで様々な物を合わせるあそびが行なわれたという。

『源氏物語』には、「三月の十日のほどなれば、……中宮も、まゐらせ給へる頃にて、……この人々、とりぐ〳〵に論ずるを、きこしめして、左・右と、方わかたせ給ふ。……まづ、物語の出で来はじめの親なるたけ取の翁に、宇津保の俊蔭をあはせて、あらそふ。」（絵合二―P178〜180）とあり、帝附や中宮附、また、梅壺方や弘徽殿方の、絵を互に論評し合う女房達を、中宮が左、右方（古く日本では左は右より尊重された）に分け、絵の優劣を競わせてごらんになる。左方の絵は、「かむ屋紙⑫に唐の綺を陪して、赤紫の表紙・紫檀⑬の軸」、右方の絵は、「白き色紙・青き表紙・黄なる玉の軸」。この左、右方の絵の競争は、「ことの葉をつくして、えもいひやらず」、「また定めやらず」（二—P180）と決まらない。

こうした論争を興味深く思い、「おとどまゐり給（ひて）…同じくは、御前にて、この勝負さだめむと、のたまひなりぬ。」（二—P181）と、源氏の提唱で主上の前で勝負をきめようということになった。

「その日とさだめて、……左・右の御絵ども、まゐらせ給ふ。……左は、紫檀のはこに、蘇芳⑭の花足、敷物には、紫地の唐の錦、打敷は、葡萄染⑮の唐の綺なり。童六人、赤色に桜襲の汗衫、衵は、紅⑯に藤襲⑰の織物なり。……右は、沈⑱の箱に浅香⑲の下机、打敷は、青丹⑳の高麗の錦、……わらは、青色㉑に柳の汗衫、山吹襲㉒の衵きたり。みな、御前にかきたつ。上の女房、前・後と、さうぞきわけたり。」（二—P183）。冷泉帝の前に、左、右方の絵を進上し、女房達は、右方と左方が北と南に別れて伺候し、殿上人も思う方に心をよせて控えている。

競い合う場での各方の調度、それにたずさわる各々の童の衣装。それ等の色合が克明に描かれている。天皇附の女房の装束は、左方、右方と区別している、とあり、両者、相対する系統の服色であることが推察される。

前記のように、物合のはじめは歌合であったと言われる。このことからも考えられるが、「絵合」の巻のこの催の状況は、歌合を模したものと指摘されている。『歌合集』[23]によると、年代的には「在民部卿家歌合」[24]が最も古く、『源氏物語』が書かれた頃までに十回程行なわれているが、天徳四年に村上天皇主催の歌合があり、それに、「御記」「殿上日記」「假名日記」(甲及び乙)という詳細な記録があり、歌合の作法、批判等の具体的な状況の規範を知ることができると言われる。

『歌合集』によると、

㈠延喜十三年三月十三日亭子院歌合

㈡延喜二十一年(五月)京極御息所褒子歌合

㈢天徳四年三月三十日内裏歌合

その後の㈣～㈧には詳細な記録はなく、色によって描かれている例は殆んどない。

はじめの中宮の、絵を合わせる場では、前記のように絵の料紙・軸等の左、右方の色が示されている。しかし、絵と関係のない歌合には見られない。この絵の装幀の色合について、左方のを「世の常のよそひなり」(二―P180)、常例とことわっている。が、歌合などには例のない、絵の、紙や軸の左、右方の色を示すこと、それ自体が、この催で新しい規範を後世にのこそうとしたことになるのであろう。

あらためて、「絵合」の巻の、帝の御前での絵の競い合いを、とくに色に関してみるのに、前掲の『歌合集』の、㈠㈡㈢[25]等の記号をあてはめると、左方の調度の、紫檀、蘇芳、紫(地)、葡萄染は、いずれの色も、㈢と同一である。童の、赤色と桜襲、これは、㈠㈡㈢と同一。ただ、袙の、紅、藤襲はどの歌合にも見られず、絵を合わせるこの場の色として示したのかもしれない。さらに、右方の調度の、沈、浅香は、㈢と同じ。ただ打敷は青丹（青地ともある）とあるが、いずれにもみられず、㈢では浅き縹(26)とある、童の、青色は、㈠㈡㈢にみられ、柳は㈢、山吹は㈡の場にみられる。

このように、左、右方の童の、赤色、青色は、㈠㈡㈢と継承され、㈨の一条天皇の瞿友合にも、女房の唐衣ではあるが左が赤色、右が青色である。その他の調度、それに直接かかわる女の童の服色は㈢と殆んど同じといってよい。

中宮、さらに冷泉帝の御前での宮中あげての、絵を合わせる、という新しいあそびで、優劣を競う両者、左方は、紫檀、蘇芳、紫、葡萄染の調度、赤色、桜襲、紅、藤襲の装束、これらは、赤系統に紫系統の加わった色調で統一されている。相対する右方は、沈、浅香、青丹（青地）の調度、青色、柳、山吹の童の衣装、これらは、青系統、白（黄）系統といってよい。なお、中宮による競い合の場では、絵の紙・軸が、左方、かむ屋紙、赤紫、紫檀で、ほぼ赤・紫系統、右方、白、青、黄の、青、白（黄）系統にまとめられている。

この両方の色合について現代では、赤と緑が反対色といわれるようで、当時としては赤系と青系の色調が相対的な感を抱かせたものと考えられる。

このように、中宮、さらに天皇の前で絵を合わせる、という新例は、色の面から、確実に㈢を典據としている。

諸氏のお説によれば、天元年間（円融天皇）頃から、醍醐の延喜、㈢の村上の天暦時代、の聖代観が成立し、後世の範と仰がれたという。

歌合として大成された「天徳歌合」の歌を、新しく絵というものにおきかえて、その有様を冷泉帝の世のこととして描いている。それは、「さるべき節会どもにも、『この御時より』と、末の人のいひ伝ふべき例を添へむ」とおぼし、わたくしざまの、か丶るはかなき御遊びも、めづらしきすぢにせさせ給ひて、いみじき盛りの御世なり」（二―P188）とあることからもその意図が知られる。

さらに、紅、藤襲、又、青丹（青地）は歌合には例がなく、絵の場として掲げようとした新規準かもしれない。とくに料紙・軸の色は、絵であるからこその主要な物の左、右、相対的な色を示したもので、新しい規範を示したと言えそうである。

「かかるはかなき御遊び」とは言え、源氏にとっては、帝、中宮の出御があり、源氏の須磨の巻が出されたことで、「よろづ、皆、おしゆづりて、左、勝つになりぬ。」（二―P185）と梅壺方が勝者となる、という。これ以上考えられない程の果報に身をおくといってよく、何と言っても今は「いみじき盛りの御世なり」（二―P188）であるという。

源氏は、〝冷泉時代から〟と後世に仰ぎ言いつがれるような新例を加えたいと、私的な遊びでも絵を合わせるという今までにない趣向を考えた、とその意図を明らかにしている。

冷泉の絵合は、村上の歌合と、色のあり方は同一にしてある。ということは、色の面からは、冷泉を村上におきかえ、その聖代であることを暗示しようとしていると言えるようで、色が催全体のもつ意義を担っていると言ってもよさそうである。

光源氏の無常観

登り行く盛世であるという今、源氏に、「おとゞぞ、猶、「常なきもの」に世を思して、「いま少し、おとなびおはします」と、見たてまつりて、猶、「世を背きなん」と、深く思ほすべかめる。」（絵合二―P188）という、世の無常を感じ、出家を願う道心が深く意識され、俗世離脱をのぞむ人生観がうかがわれるようだという。

光源氏と服色

「人々、みな、青色に、さくら襲を着給ふ。帝は、赤色の御衣たてまつれり。召ありて、太政おとゞ、まゐり給ふ。おなじ赤色を着たまへれば、いよ〳〵一つものとかゞやきて、見えまがはせ給ふ。」（乙女二―P317）という、朱雀院行幸の時の冷泉帝と源氏の赤色の輝かしい容姿。同時に同所で同一の赤色の袍であることによって、一つのもののようで見分がつかない。この赤色は、誰知ることもない内密の親子の関係を暗示するためのものとして役立てられている。

「桜の、唐の綺の御直衣、葡萄染の下襲、しりいと長く引きて……あざれたる大君姿の、なまめきたるにて、いつかれ入り給ふ御さま、げに、いと殊なり。」（花宴一―P312）

「六條殿は、桜に唐の綺の御直衣、今様色[27]の御衣ひきかさねて、しどけなきおほ君姿、いよ〳〵、たとへんものなし。光こそまさりたまへ。」（行幸三―P79～80）など、「しどけなき」とか「あざれたる」とか、引きつくろった正装ではない、大君姿[28]（袍などでない直衣姿）のくつろいだ容姿。色合は、桜、今様色、葡萄染など、赤紫系の左方的な服色。こうした姿こそ、たとえようもない程の輝く美しさである、という。

　しかし、こうした美しい服色の源氏は二、三例にすぎない。

「にばめる御衣たてまつれるも、夢の心地して、……かぎりあれば薄墨[29]衣あさけれど涙で袖をふちとなしけるとて、念誦し給へるさま、いとゞなまめかしさまさりて、」（葵一―P341）、葵の上の死で薄い墨色の衣、鈍がかった喪服、それによって、それ故にこそ、大層優美さがまさる、とある。

「無紋のうへの御衣に、鈍色の御下襲、纓、巻き給へるやつれ姿、はなやかなる御よそひよりも、なまめかしさ、まさり給へり」（葵一―P355）、葵の上の喪で模様のない袍に、巻纓、鈍色の下襲などのやつれ姿、それでこそ、色合花やかな姿よりもかえって、一層優美さがまさる、「よりも、」「まさる」とその美を強調している。

「藤[30]の御衣に、やつれ給へるにつけても、限（り）なく清らに苦しげなり。」（賢木一―P377）、桐壺院の崩御による、色もない喪服、そのわびしくやつした姿、それにつけても、それがこの上なく気高く清らかに感じられ、見るのも痛々しげである。

「黒き御車の内にて、藤の御袂に、やつれ給へれば、殊に見え給はねど、ほのかなる御有様を、世になく思ひきこゆべかめり。」（賢木一―P393）、桐壺院の喪のため、黒い車でその簾ごしにほのかに源氏の藤の袂の喪姿が見える。それを見る人達は、世に比べもののないお方と思い申し上げているようだ、とある。

これらのように、藤衣、鈍、薄墨、黒などの、喪の色の源氏を捉え、その時こそ源氏の美質が発揮されると強調している。

彼ならば、どのような様々な染色、織色、襲の色の衣装でも着飾ることができる筈であり、それによる華麗な姿が見られる、と思われるが、却って、このように、白―黒装束の無彩色による容姿、それにこそ、優雅の美がまさって、世に比べもののない立派なお方と人々にみられるという。ただ、紫の上の死後の源氏は、「「薄墨」との給ひしよりは、いま少しこまやかにて、たてまつれり。」（御法四―P189）、前掲の、葵の上の死の際、「薄墨衣あさけれど」と詠じたそれよりも少し濃い墨染を着用している。とあり、これは彼の晩年の姿で、前例のように、喪の色だからこそ一層、という讃辞はない。これは、源氏の、心・身の果ての老の姿であり、「それでこそ」とは言いえなかったと考えられる。

喪の色着用故の、無上の美質を讃える諸例は、源氏が二十才前半の若盛りの年令であった、それだからこそ「却って」と効果をあげたのではないか、ということを申しそえておきたい。

前記の、絵を合わせる、優雅で華麗な、そして冷泉帝の盛世現出を感じさせる場、源氏はその中心にありながら、遁世出家を願う。それは、王朝の豪奢、華麗な様々な色合にかこまれた世界にありながらすべての色を捨てた無彩色によってこそ、源氏の眞の美質が発揮されるという、光源氏の色の面のあり方、それと彼の魂のあり方、それは一体と考えることさえできるようである。

注

（1）**こうばい**〔紅梅〕紅の淡い色。経は紫、緯は紅の織色。襲は、表紅、裏紫。
（2）**もえぎ**〔萌黄〕黄緑色。襲は表裏とも萌黄。
（3）**やなぎ**〔柳〕襲は表は白、裏は青。
（4）**さくら**〔桜〕白く紅がかった色。襲は表白、裏紅花か葡萄。
（5）**あかいろ**〔赤色〕赤白橡と同じ。黄に赤味を加えた、暗調を帯びた色。襲は表経紫緯赤、裏同。
（6）小著『平安朝の文学と色彩』（中公新書）（中央公論社　昭和57年11月）。『文学にみる日本の色』（朝日選書）（朝日新聞社　1994年2月）
（7）**にびいろ**〔鈍色〕墨染の淡染で薄い黒色。
（8）**くわんざう**〔萱草〕黄色に赤黒味のある色。
（9）**しゆ**〔朱〕黄味を含んだ鮮やかな赤色。水銀と硫黄の化合物。天然に産する物を辰砂という。
（10）『紫式部集』（岩波書店　昭和48年10月）
（11）**ものあはせ**〔物合〕多くの人が集まり、左方と右方に分れ、或る物の優劣を争う遊び。
（12）**かむやがみ**〔紙屋紙〕京都紙屋院で漉いた上質の紙。後には同院ですきかえしを漉いた。薄墨色。

(13) **したん**〔紫檀〕 新しい心材は鮮紅色、後に暗赤色となる。古くは材の紅色色素を染料とした。
(14) **すはう**〔蘇芳〕 心材及び莢は煎じて赤色染料とした。紫色を帯びた紅色。
(15) **えびぞめ**〔葡萄染〕 赤味の多い紫色。織色は経赤緯紫。襲は表蘇芳、裏花田。
(16) **くれなゐ**〔紅〕 紅花で染めた鮮明な紅色。襲は、表紅、裏紅。
(17) **ふぢがさね**〔藤襲〕 襲は表淡紫、裏青。
(18) **ぢん**〔沈〕 沈香のことで、香料の一種。
(19) **せんかう**〔浅香〕 沈香の木のまだ若くて軽い白い材質のもの。
(20) **あをに**〔青丹〕 濃き青に黄をくわえた色。襲は表裏おなじ濃青に黄をさした色。
(21) **あをいろ**〔青色〕 青色白橡と同じ。一種の黄勝ちの緑。織色は、経萌黄、緯黄。
(22) **やまぶきがさね**〔山吹襲〕 織色は経絲紅、緯絲黄。襲は、表淡朽葉裏黄。
(23) 『歌合集』萩谷朴　谷山茂校注（日本古典文学大系）（昭和40年3月　岩波書店）
(24) 「在民部卿家歌合」陽成天皇の仁和元年在原行平の家で催された歌合（『歌合集』（昭和40年12月　朝日新聞社》の解説）。
(25) 「假名日記甲」による。
(26) **はなだ**〔縹〕 藍草で染めた藍色。襲は、表裏ともに縹。
(27) **いまやういろ**〔今様色〕 紅のうすい色。襲の色目は、表紅梅、裏は濃い紅梅。
(28) **おほぎみすがた**〔大君姿〕 大君は、親王、諸王、皇女、王女の尊称。大君姿は、衣冠、束帯などの正装でなく、直衣姿。

(29) **すみぞめ**〔墨染〕 仏家には常服。一般には喪服の色。墨染は、墨色に染めたもの。

(30) **ふぢ(ごろも)**〔藤・藤衣〕 喪服。葛布(葛の繊維で織った布)で仕立てた衣。麻布とも。

典據文献

『枕草子 紫式部日記』(日本古典文学大系)(岩波書店 昭和33年9月)
『源氏物語 一』(日本古典文学大系)(岩波書店 昭和33年1月)
『源氏物語 二』(日本古典文学大系)(岩波書店 昭和34年11月)
『源氏物語 三』(日本古典文学大系)(岩波書店 昭和36年1月)
『源氏物語 四』(日本古典文学大系)(岩波書店 昭和37年4月)
『源氏物語 2』(日本古典文学全集)(小学館 平成7年1月)
『源氏物語 ㈢』(完訳日本の古典16)(小学館 昭和59年5月)

色彩用語(——じるし)の解説は、すべて、
小著『日本文学色彩用語集成—中古—』(笠間書院 平成18年9月〔新装版〕)による。
ただし、諸説が多いので、詳しくは小著を御参照いただければ幸である。

田坂憲二

桐壺院の年齢

——与謝野晶子の「二十歳」「三十歳」説をめぐって——

一、はじめに

『源氏物語』の研究においては、物語の中の約七十五年間の出来事を、年立(としだて)と呼ばれる一種の年表形式で記述しようとする試みが、古くからなされている。十五世紀の半ばには、既に一条兼良によって本格的な年立が作られ、江戸時代の本居宣長の新年立を経て、今日に至っている。こうした年立を作ることが可能であったのは、主人公の光源氏をはじめ、他の登場人物たちが、物語の中の時間の経過と共に、極めて正確に年齢を重ねている事による。この物語の時間の長さと、登場人物の多さを考えると、それは驚嘆に値すると言っても良いほどの完成度である。もちろん、あのような大長編作品であるから、二、三の小さなミスのようなものはやむを得ないだろう。若菜下巻に記される紫の上の年齢(今年は三十七になりたまふ)と初登場時の(十ばかりにやあらむと見えて）玉鬘巻（女君は二十七八にはなりたまひぬらむかし）などとの矛盾や、賢木巻で「十六にて故宮に参りたまひて、二十にておくれたてまつりたまふ。三十にてぞ、今日また九重を見たまひける」と記される六条御息所の年齢に関連して、桐壺朝前半の春宮は桐壺院の弟の前坊であったのか、第一皇子の後の朱雀院であったのかという問題は従来から指摘されている。ただ前者は、その直後の紫の上の大病を導き出すことに性急であったがゆえのミスであろうし、後者の解釈についても、合理的な解決を求めてさまざまな議論がなされているところでもある。それらは、この作品の奥行きと幅広さを考えれば、瑕瑾といってもよいくらいの存在である。

そうした緻密な時間構造を持つ『源氏物語』ならば、直接年齢表記がなされない登場人物であっても、妥当な年齢が設定されることによって、他の登場人物との関係に矛盾を来たさないように組み立てられていると推測される。そうした立場に立って主要人物の一人の年齢を推測しようとするのが、本稿の試みである。

二、与謝野晶子の桐壺院の年齢推定

光源氏をはじめ、『源氏物語』の主要な登場人物については、物語の流れの中で年齢が示されることがあるのだが、主人公光源氏の父親である桐壺院についてはその年齢に言及されることは全くない。この物語の始発を担うとも言うべきこの人物の年齢を考えることの意味は極めて大きいであろう。桐壺更衣を寵愛し、その結果光源氏が誕生した頃、桐壺院は一体何歳くらいであったのだろうか。物語の冒頭を引用してみよう。

いづれの御時にか、女御、更衣あまたさぶらひたまひけるなかに、いとやむごとなききはにはあらぬが、すぐれて時めきたまふありけり。はじめよりわれはと思ひあがりたまへる御かたがた、めざましきものにおとしめそねみたまふ。同じほど、それより下臈の更衣たちは、ましてやすからず。朝夕の宮仕へにつけても、人の心をのみ動かし、恨みを負ふつもりにやありけむ、いとあつしくなりゆき、もの心細げに里がちなるを、いよいよあかずあはれなるものにおもほして、人のそしりをもえはばからせたまはず、世の例にもなりぬべき御もてなしなり。上達部、上人なども、あいなく目をそばめつつ、いとまばゆき人の御おぼえなり。唐土にも、かかることの起こりにこそ、世も乱れあしかりけれと、やうやう天の下にも、あぢきなう人のもてなやみぐさになりて、楊貴妃の例も引きいでつべくなりゆくに、いとはしたなきこと多かれど、かたじけなき御心ばへの、たぐひなきを頼みにてまじらひたまふ。(1)

ここには桐壺院も桐壺更衣も何歳ぐらいであったかなど記されてはいない。ところが、桐壺院の年齢に関して、唯一踏み込んだ解釈をしている人物がいる。それは、明治末期から大正初期にかけて、最初の本格的な現代語訳を試みた与謝野晶子である。晶子の『新訳源氏物語』(金尾文淵堂、一九一二年)では、この部分が以下のように訳されているのである。

何時の時代であつたか、帝の後宮に多くの妃嬪達があつた。この中に一人陛下の勝れた寵を受けて居る人がある。この人は極めて権門の出身と云ふのでもなく、また今の地位が後宮においてさまで高いものでもなかつた。多くの女性の嫉妬がこの人の身辺に集るのは云ふまでもない。この人よりも位置の高い人はもとより、それ以下の人の嫉妬は甚しいものであつたから、この人は苦しい、悲しい日を宮中で送つて居た。その上くよくよと物思ひばかりをする結果病身にさへなつた。陛下は二十になるやならずの青年である。恋のためには百官の批難も意に介せられない、いよいよ寵愛はこの人一人に集るさまである。この人も百方嫉視の中に陛下の愛一つをたよりにして生きて居る。(2)

一見して、原文と、現代語訳との間にかなり距離があることが看取できるが、これは与謝野晶子が意図的に行ったものであることが知られる。この『新訳源氏物語』には晶子自身によるあとがき「新訳源氏物語の後に」が付されているが、そこでは「必ずしも逐語訳の方法に由らず、原著の精神を我物として訳者の自由訳を敢えてしたのである」と述べられている。厳密な現代語訳を意図したものではなく、自由訳の中に「原著の精神」を再現しようとしたのである。

この部分でも、原文では「上達部、上人なども、あいなく目をそばめつつ、いとまばゆき人の御おぼえなり。唐土にも、かかることの起こりにこそ、世も乱れあしかりけれと、やうやう天の下にも、あぢきなう人のもてなやみぐさになりて、楊貴妃の例も引きいでつべくなりゆくに、いとはしたなきこと多かれど、かたじけなき御心ばへの、たぐひなきを頼みにてまじらひたまふ」と長文にわたるところを、思い切って圧縮して「恋のためには百官の批難も意に介せられない、いよいよ寵愛はこの人一人に集るさまである。この人も百方嫉視の中に陛下の愛一つをたよりにして生きて居る」と訳出している。原文では『長恨歌』を引用して「唐土にも」「楊貴妃の例」云々の部分が、現代語訳ではばっさりと削られているのだが、そのことによって、この場面の緊迫感が却って高まるようである。このように原文を圧縮する一方で、逆に付加された部分もあるのである。「陛下は二十になるやならずの青年である」という一文である。原文にこれに対応する部分は見られない。桐壺院の年齢など全く記されていないのである。与謝野晶子は「原著の精神を我物として」自身の「自由訳」としてこの一文を付加したと思われる。

この与謝野晶子のいわば作品解釈に対しては、口語訳の一部分ということもあって、賛否が論じられるということはなかった。それが、約六十年の年月を経た後であるが、玉上琢彌によって「晶子は『人のそしりをもえはばからせ給はず』ひたすら更衣を愛し、ついには更衣を不幸にする帝に、年の若さを直感したのであろう。この直感に私は敬意を表する」と支持が寄せられるにいたった。(3)玉上は、さらに言葉を続けて、梅枝巻の記述などとの整合性から、晶子説の意義をより積極的に認めた上で、歴史上の天皇に第一子が誕生したときの年齢の分析から、桐壺院や弘徽殿女御の年齢を次のように推測してみせる。

桐壺院も十二歳で元服し、そのとき弘徽殿十六歳と結婚したとして、朱雀院誕生が桐壺帝十七歳、弘徽殿二十一歳、源氏誕生の時桐壺帝二十歳、弘徽殿二十四歳（下略、年齢表記を漢数字に改めた）

玉上説はもちろん仮説ではあるが、なかなか説得力に富んだものである。「二十になるやならず」という与謝野晶子の考えを生かし、その一方で、弘徽殿女御に一目置く、もしくは多少遠慮のある桐壺院の立場を、弘徽殿が元服の添臥で、四歳年長であると考えたのである。玉上は後文で、この仮説ならば、桐壺院と弘徽殿の年齢差は、光源氏と葵の上のそれと同じとなることをも述べ、光源氏に対する葵の上の位置と、桐壺院に対する弘徽殿の立場の相似性を示唆している。与謝野晶子も「人よりさきに参りたまひて、やむごとなき御思ひなべてならず、御子たちなどもおはしませば、この御かたの諫をのみぞ、なほわづらはしう、心苦しう思ひきこえさせたまひける」（桐壺九五）の部分を、「この女御は陛下が十二三で即位された時最も初めに妃に上つた人であるから、陛下が重んぜらるる事も他の妃嬪とは同一のものではない」と訳していたのであった。

三、一院・先帝・桐壺院

玉上琢彌が、与謝野晶子の「二十になるやならず」という考えに賛意を表してから、ほぼ十年後、与謝野・玉上説を踏まえて、さらに広い視野を持つ論が現れた。藤本勝義「源氏物語における先帝」[4]がそれである。藤本論文は標題に言うごとく『源氏物語』の「先帝」すなわち、式部卿宮や藤壺の父に当たる先帝について深く掘り下げたものである。この先帝については、「桐壺の院や一院との関係は不明」（『源氏物語辞典』東京堂、一九六〇年）とするのが一般的であったが、その一方で「一院―先帝」を親子関係と見る玉上琢彌説（『源氏物語評釈』一九六四年）や、逆に「先帝―一院」を親子と考える清水好子説[5]などもあり、必ずしも統一的な見解は得られてはいなかった。藤本は、原田芳起の語彙研究[6]などを踏まえ、物語内の記述を深く読み込み、古注釈などにも目を配って、一院と先帝は兄弟関係にあると断じたのである。[7]藤本の論理の展開には間然するところはなく、一院と先帝の間柄については、決着を見たと考えて良いだろう。

藤本論文は、さらに視野を広げて、一院、桐壺院、朱雀院、光源氏、冷泉院、先帝、式部卿宮、藤壺宮の年齢を統一的に考察して、人間関係を究明しようとする。このうち朱雀院から冷泉院までと、式部卿宮、藤壺宮は物語中の記述から年齢は確認できるが、一院、桐壺院の年齢までも推定しようとしたのである。そして、その際に、与謝野晶子の「二十になるやならず」説や、これを支持した玉上論などを援用して、「桐壺帝は十八、九歳だったと思われる。仮に十八歳と想定しよう」と述べ、これを基準に上記九人の年齢を算定するのである。結論のみ述べれば、紅葉賀巻の朱雀院行幸の時点で、一院五十歳、桐壺院三十五歳、朱雀院二十一歳、光源氏十八歳、冷泉院ゼロ歳、先帝（存命なら四十八歳）、式部卿宮三十三歳、藤壺宮二十三歳とする。藤本説では、一院と先帝が第一子を得た歳がともに十五歳としているのがやや窮屈かもしれないが、基本的な考え方は納得できよう。

かくして、当面の問題である、光源氏誕生時点での考え方としては、与謝野晶子の「二十になるやならず」を基にして、少し若く考える藤本勝義の十八歳説、文字通り二十歳と考える玉上琢彌説があることが分かる。

稿者は、桐壺院の年齢はもう少しだけ引き上げるべきだと考える。(8) それは、桐壺院の同母妹と思われる大宮の存在による。大宮が、たとえ桐壺院と一歳しか違わなくとも（光源氏誕生時点で十九歳と考えても）、葵の上を生んだのが十五歳の時（葵の上は光源氏よりも四歳年長）となり、頭中将は葵の上の兄であろうから、当然その誕生はさらに遡ることとなる。また、大宮の夫の左大臣は、澪標巻の冷泉朝始発時点で六十三歳と明記されているから、光源氏誕生の年には三十五歳であり、大宮をあまり遅い生まれと考えると、二人の年齢も開きすぎる憾みがある。そうしたことも考慮して稿者は、賢木巻で桐壺院が崩御した時を、醍醐天皇と同い年の四十六歳ぐらいと考える。そうすると、光源氏誕生の時は二十四歳で、玉上説より四歳年上、藤本説より六歳年上となる。推定であるから、数年の誤差を論じるのはあまり意味がないであろうが、恐らく稿者の算定あたりが桐壺院の年齢の下限であり、上限が藤本説ということになろうか。やや幅は広いが与謝野晶子の考えは、その中間に位置することになり、慧眼であったといえようか。

因みに、藤本説と比較するために、稿者の考える朱雀院行幸の時点での関連人物の年齢を掲げておこう。論拠は別稿で述べたから結論のみ記載する。一院六十歳、桐壺院四十一歳、朱雀院二十一歳、光源氏十八歳、冷泉院ゼロ歳、先帝（存命なら五十三歳）、式部卿宮三十三歳、藤壺宮二十三歳となる。藤本説と比べると、一院は十歳、桐壺院は六歳、先帝は五歳年長と考えるのである。一院の年齢を五十歳とする藤本説は『河海抄』『花鳥余情』などの引く延喜十六年三月八日の宇多法皇五十賀と重ね合わせられるという点が強みであろう。一方、現実に一院の年齢を考えれば、紅葉賀の行幸を七十賀とすべきという考えもあるほどで、[9] 桐壺院や前坊、先帝との関係を重視すれば稿者のごとく六十歳ぐらいに考えるのが穏やかではないだろうか。宇多法皇五十賀の季節は春であり、紅葉賀ではないので、いずれにしても完全に重なるわけではない。

光源氏誕生時点で、桐壺院の年齢を二十四歳と仮定すると、兄弟たちの年齢も矛盾なく考えることができる。

物語中に直接描出されている桐壺院の兄弟は、大宮、桃園式部卿宮、女五宮、前坊の四人である。大宮は女三宮であるから、[10] これ以外に、女一宮、女二宮、女四宮の少なくとも三人の内親王がいたことになる。このうち大宮は、上述したごとく桐壺院と同腹ですぐ年下と考えるのが妥当である。物語に描かれない女一宮、女二宮は、恐らく桐壺院の姉と言うことになろうか。桐壺院よりかなり年下と思われる前坊が、母を同じくするから、桐壺院の姉宮と思われる二人は、異腹の姉妹と考えるのが自然であろう。桃園式部卿宮（朝顔姫君の父）の子供たちでは、朝顔姫君は末子であろうか。「御はらからの君達あまたものしたまへど、ひとつ御腹ならねば、いとうとうとしく、宮の内いとかすかになりゆく」（朝顔四七八）とあるのは異腹の兄たちで、結婚して既に桃園邸を出ていると考えるべきだろう。この兄たちは朱雀院と同年くらいであろうか。朝顔姫君は光源氏よりやや年下であろうが、朝顔巻の記述から考えて、大きく年齢は隔たらないであろう。それらを考慮すれば、桃園式部卿宮は桐壺院に年齢が近い異腹の弟であろうか。女五宮は桃園邸に同居しているから、式部卿宮とは同腹、五宮だから大宮より更に数歳年下と考えれば、光源氏誕生時点では二十歳前ぐらいか。朝顔巻ではまだ五十歳前後であったことになり、あの巻の描写はやや気の毒なくらい老残の姿を強調していたことになる。前坊は桐壺院と同腹だから大きく年齢は隔たらないだろう。仮に桐壺院より七、八歳の年下くらいなら、光源氏誕生時点では十六、七歳であったことになる。

四、「二十歳」か「三十歳」か

これまで、光源氏誕生時点での桐壺院の年齢や、兄弟たちの年の差を考えてきたのであるが、その過程で、与謝野晶子の「二十になるやならず」という自由訳から大きく隔たることはないと言うことが確認できた。ところが、晶子自身は、一時、この考えを撤回しているのである。

与謝野晶子の『源氏物語』の現代語訳については、近年の神野藤昭夫の詳細な考察[11]や、市川千尋の労作『与謝野晶子と源氏物語』[12]を始めとして、新間進一[13]、田村早智[14]、片桐洋一[15]、河添房江[16]等々の研究があり、稿者自身も「『源氏物語』と『日本文学全集』[17]」で鳥瞰したことがある。

今それらに拠りながら、与謝野源氏の刊行の概略を述べれば以下の如くである。

1、元版四冊版。菊判・角背・天金・函入
装丁挿画・中沢弘光
発行所・金尾文淵堂
発行・一九一二（明治四五）年二月～一九一三（大正二）年一一月
2、縮刷四冊版。三六変型判・丸背・天金・函入
装丁・有島生馬、挿画・ナシ
発行所・金尾文淵堂
発行・一九一四（大正三）年一二月
3、豪華二冊版。菊判・丸背・天金・函入
装丁挿画・中沢弘光
発行所・大鎧閣
発行・一九二六（大正一五）年二月
4、縮刷二冊版。四六版・函入
装丁・奥村土牛、挿画・梶田半古
発行所・金尾文淵堂
発行・一九二六（大正一五）年四月
5、菊判二冊版（大鎧閣版の再版）。菊判・丸背・天金・函入

装丁挿画・中沢弘光
発行所・河野成光館
発行・一九二九（昭和四）年三月
6、四六判一冊版。四六判・丸背・天金・函入
挿画・中沢弘光
発行所・新興社
発行・一九三二（昭和七）年七月（実見は一九三三年五月版、何刷かは未詳）
7、四六判一冊異装版（6とは外函が異なる）。四六判・丸背・函入。
挿画・中沢弘光
発行所・新興社（発売所・富文館）
発行・一九三五（昭和一〇）年九月（実見は一九三八年一月版、四刷）

田村早智[18]によれば、7の初版すなわち一九三五（昭和一〇）年九月版は、6を四分冊にしたものと報告されているから、稿者の見た7の四刷版は再度合冊となったものであろうか。転載を重ねて、中沢弘光のせっかくの挿画が不鮮明なものとなっている。

この後に、一九三八（昭和一三）年の新新訳版がくるのである。新訳と新新訳の本文の相違については諸家に発言があり、戦後一般的に用いられた与謝野源氏が新新訳版であることもよく知られるところである。これに対して、新訳版の再評価を試みたのが神野藤で、その尽力により、新訳版

も比較的容易に読めるようになった。新訳と新新訳との相違に対して、新訳版各種の中では本文に相違がないと考えがちであるが、4の縮刷二冊版では、現代語訳の本文に手が入れられていることを早く片桐洋一[19]が指摘しており、具体的に桐壺巻から、大きく変更されている箇所を七例挙げている。これをうけて神野藤昭夫は、その相違は2の縮刷四冊版から見られるもので、「初版本系の本文」と「縮刷本系の本文」について再調査の必要性を指摘している。[20]

それでは、1の元版に対して、2や4の縮刷版の段階ではどれくらいの割合で手が入れられているかを具体的に検証してみよう。改訂の比率を見るために、元版の一頁半くらいの部分を、そのまま省略せずに挙げてみる。本稿のポイントとなる、年齢表記がなされている二箇所が含まれている部分を取り上げてみた。なお、本稿の印刷の都合上、原文のルビは、異同がない限り、これを省略している。また漢字も新漢字に改めた箇所がある。

両本の異同は、矢印で示されているカッコの中の部分が、縮刷本で改められている箇所に該当する。異同箇所は、相違点が分かりやすいように、文節よりもやや長目に掲出している。

陛下は二十に（↓陛下は三十に）なるやならずの青年である。恋のためには百官の批難をも意に介せられない、いよいよ寵愛はこの人一人に集るさまで（↓集る有様で）ある。この人も百方嫉視の中に陛下の愛一つをたよりにして生きて居る。この人の父は大納言であつたがもう死んで居ない。残つて居る母親はものの分かつたえらい人で、この女のために肩身の狭いことのないようにと、常に心掛けて居たが、時には後家の悲しさ（↓寡婦の悲しさ）、両親の揃つた家の女にくらべて、心細い場合がないでもなかつた。（↓ないでもなかつた、）この時の妃嬪の位は、女御と云ひ、更衣と云ふのであつた。この人は更衣であるが、住んで居る御殿の名によつて呼ばれるので、その時の桐壺の更衣と云ふのは（↓云ふのが）この人の呼名である。陛下と桐壺の更衣の間に一男子が生れた。美くしい玉のような皇子である。陛下の第一男は右大臣の女の女御の腹で将来の儲君たることに（↓儲君たることは）誰も（ルビ・だれも↓たれも）疑ひを持つて居ない、臣下から多くの尊敬を払はれて居るが、更衣の腹の若宮の美貌には及びもつかない。陛下はその母を思ふごとく（↓陛下は其母をお愛しになる如く）、第二皇子を愛し給ふことは非常なものであつた（↓非常であつた）。それを知つた右大臣の娘の弘徽殿の女御は我子の上に不安を感ぜずには居られない。第二の皇子が皇太子となるのではあるまいかと思はずには居られない。この女御は陛下が十二三で即位された時、最も初めに妃に上つた人であるから、陛下が重んぜらるる（↓重んぜられる）事も他の妃嬪とは同一のもの（↓同一の程度）ではない。

ルビの訂正や、活用語尾の改変、てにをはの修正など小規模なものも含んではいるが、六百字程度の文章の中に、十一箇所もの修正があることが看取できよう。大雑把に言っても、平均百字ごとに一箇所の修正がなされているわけであり、与謝野晶子がかなり細かく手を入れていることが窺えるのである。

　さて、桐壺院の年齢の問題に立ち戻ってみよう。縮刷版の改変箇所の中で最も目を引くのが「陛下は二十になるやならずの青年で」を「陛下は三十になるやならずの青年で」と、桐壺院の年齢を十歳も年上にしている点である。実に思い切った改変であるが、誰もが一見して「三十になるやならずの青年」という文章に、安定の悪さを感じるのではなかろうか。それは「三十」という年齢表記と「青年」という語とのつながりによるものであろう。そうした感覚は、後文の「この女御は陛下が十二三で即位された時、最も初めに妃に上つた人である」という一文によって一層際だつものとなる。弘徽殿女御が添臥として桐壺院のもとに来たときに、帝が十二、三歳であったならば、三十までは十七、八年となる。その間に生まれた唯一の男御子（第一皇子、後の朱雀帝）がこの後に誕生する光源氏よりわずかに三歳年上というのでは不自然であろう。朱雀帝と同腹の女一宮を年上にすることはできようが、花宴巻で裳着（あたらしう造りたまへる殿を、宮たちの御裳着の日、みがきしつらはれたり。四三三）ということならば、その誕生年を遡らせるのも限度があろう。結局、「陛下は二十」→「陛下は三十」という改変は却って矛盾を含む結果となったのである。

　ただ三十という数字は単純なミスなどではなかろう。物語の冒頭近くでもあり、そういった可能性は少ないだろうし、「三十」に「さんじふ」とルビまで附されている以上、ケアレスミスや誤植による数字の間違いとも考えられないだろう。とすれば、これは、「二十になるやならず」とまで、桐壺院の年齢を若くすることに与謝野晶子自身が違和感を持ったためではないだろうか。ここでは、晶子の「三十」説の矛盾を指摘するのではなく、たとえ一時期でも自らの「二十になるやならず」説に対していだいた違和感をこそ重視したいと思う。

『源氏物語』を詳細に読めば、真っ先に気になるのが左大臣の北の方の大宮の存在であろう。桐壺巻巻末で光源氏を婿に迎える左大臣家には、光源氏より四歳年上の葵の上や、その兄と思われる頭中将がいるのである。上述したように、この二人の母親である大宮との関係から、物語始発時の桐壺院の年齢はあまり引き下げられないのである。桐壺巻を見渡しただけでも、こうした問題が生じてくる。『源氏物語』全体に通暁している与謝野晶子にしてみれば、桃園式部卿宮、女五宮、前坊など、桐壺院の弟妹たちとの年齢構成のことも視野に入っていたのではないだろうか。また先帝の皇子である式部卿宮との年齢関係も気になったかもしれない。少女巻で五十賀の準備がなされていることを根拠に逆算して桐壺巻の年齢を考えることなどはしないだろうが[21]、「嫗とつけて心にも入れず」と記される鬚黒の北の方の父親としてのイメージなどもあったかもしれない。

そうした様々な問題から、与謝野晶子は一旦「二十」説を撤回したのではないだろうか。単純に十歳上積みして「三十になるやならず」としたのは、やや安易な改訂という感がなきにしもあらずであるが、時間の制約などもあったのかもしれない。そのために、「青年」という後続語との関係や、後文の弘徽殿の入内時期との関係に多少の齟齬を来たしたのであろう。結局、この「三十」説は、大正初期に版を重ねた大鐙閣版や、新興社版には継承されなかった。晶子が最終的に、どういった考えに落ち着いたかは不明である。新新訳版では、原文に訳文を近づけたために、年齢に関する記述そのものがなされないからである。

五、おわりに

桐壺更衣を寵愛していたころの桐壺院の年齢をどのあたりに想定するかによって、物語の印象は随分異なってくる。藤本勝義の推測するように十代であれば、若い情熱のおもむくに任せてこの女性に惑溺する姿となろうし、稿者の推測する如く二〇代半ばであれば、更衣の美貌と人柄故に思慮分別を失った青年天子の姿が浮き彫りになるであろう。『新訳源氏物語』の中で桐壺院の年齢が「二十歳」「三十歳」と揺れるのは、与謝野晶子が二人の桐壺院の姿のどちらを選択しようかと迷っていたのではないかと思われる。与謝野晶子ほどの源氏読みに、そうしたとまどいを与えるほどの振幅の広さもまた、『源氏物語』の魅力の一つであることを再確認して筆を擱きたい。

注

（1）『源氏物語』本文の引用は、小学館『日本古典文学全集』により、適宜巻名とページ数を付した。ただし表記は一部私に改めた箇所がある。

（2）『新訳源氏物語』の本文の引用は、いわゆる元版、中沢弘光の木版挿絵入りの菊判本（金尾文淵堂、明治四十五年初版、大正二年十一月第十版架蔵本）によった。ただし漢字は新漢字に改めた。

（3）玉上琢彌「帝王」『国文学』一九七一年六月号。

（4）『太田善麿先生退官記念文集』一九八〇年。のち『源氏物語の想像力』笠間書院、一九九四年、所収。

（5）清水好子「天皇家の系譜と準拠」『源氏物語の文体と方法』東京大学出版会、一九八〇年、初出は『武蔵野文学』二一号、一九七三年。

（6）原田芳起『平安時代文学語彙の研究　続編』風間書房、一九七三年。

（7）ほぼ同時期に坂本共展『源氏物語構想論』（明治書院、一九八一年）は、六条御息所と前坊の分析から、同一の見解に到達している。

（8）田坂「『源氏物語』の編年体的考察　―光源氏誕生前後―」『源氏物語の展望』第四輯、三弥井書店、二〇〇八年。「『源氏物語』の列伝的考察　―頭中将の前半生―」『國語と國文學』二〇〇八年一〇月号、参照。

（9）坂本共展「明石姫君構想とその主題」『源氏物語構成論』笠間書院、一九九五年。

（10）大宮は、朝顔姫君と同居している女五宮から「三宮うらやましく、さるべき御ゆかりそひて、親しく見たてまつりたまふを、うらやみはべる」（朝顔四六二）「故大殿の姫君ものせられし限りは、三宮の思ひたまはむことのいとほしさに、とかくことそへきこゆることもなかりしなり」（少女一三）、など「三宮」と呼ばれている。

（11）神野藤昭夫「『新訳源氏物語』と幻の『源氏物語講義』」『与謝野晶子の新訳源氏物語』解説、角川書店、二〇〇一年。「与謝野晶子『新訳源氏物語』書誌拾遺」『源氏研究』八号、二〇〇三年。

「与謝野晶子の読んだ『源氏物語』」永井和子編『源氏物語へ　源氏物語から』笠間書院、二〇〇七年。他多数。

(12) 市川千尋『与謝野晶子と源氏物語』国研出版、一九九八年。

(13) 新間進一「与謝野晶子と『源氏物語』」『源氏物語とその影響　研究と資料』武蔵野書院、一九七八年。

(14) 田村早智「与謝野晶子訳「源氏物語」書誌（稿）」『鶴見大学紀要（人文・社会・自然科学）』三二号、一九九五年。

(15) 片桐洋一「與謝野晶子の古典研究―『源氏物語』を中心に―」『源氏物語以前』笠間書院、二〇〇一年。

(16) 河添房江「与謝野源氏の成立をめぐって」『源氏物語とその享受　研究と資料』二〇〇五年。

(17) 田坂「『源氏物語』と『日本文学全集』」『源氏物語とその享受　研究と資料』武蔵野書院、二〇〇五年。

(18) （注14）田村論文。

(19) （注15）片桐論文。

(20) （注11）神野藤「『新訳源氏物語』と幻の『源氏物語講義』」。

(21) 実際に計算すれば、物語一年で式部卿宮は十六歳になる。

武原　弘

第二部の紫の上の生と死

――贖罪論の視座から――

一　苦悩

女三の宮の六条院への降嫁が決まった時、紫の上は大きな衝撃を覚え、内面に深い苦悩を抱いた。源氏と内親王の結婚は、当然のごとく、紫の上のこれまでの六条院正妻の地位滑落を意味するからである。かつて、源氏と朝顔との結婚が噂された時も同様の不安を経験したが、それは一過の杞憂に終わった（「朝顔」）。しかし、この度は目前に否み難い確かな現実であった。朱雀院の懇請に辞退できなかったとの源氏の弁明を聞きながら、紫の上は外面に平静を装いつつ、内面に一途の憂悶を深くする。

憎げにも聞こえなさじ、…をこがましく思ひむすぼほるるさま世人に漏りきこえじ、…今はさりともとのみわが身を思ひあがり、うらなくて過ぐしける世の、人笑へならむことを下には思ひつづけたまへど、…

（「若菜上」五三～五四）

「今はさりとも」と源氏を信じ、自分の地位に安住して「うらなくて過ぐしける世」の愚かさを内省するのである。物語は以降、紫の上のこうした内面の苦悩の心理、その行方をどこまでも深く追尋していく。しばらく、その深化過程を追読してみたい。

二月、女三の宮はいよいよ六条院春の御殿に入る。三日間、華やかにも盛大な婚儀が執り行われ、紫の上はさすがに「ただにも思されぬ世のありさま」（同六二）であった。しかし、今の彼女はそうした己れの内面を軽率に露わとする未熟さには既にない。年来この方、自他が認める成熟して聡明な六条院正室だったはずなのである。

なまはしたなく思さるれど、つれなくのみもてなして、御渡りのほども、もろ心にはかなきこともし出でたまひて、…

（同六三）

彼女はあくまで冷静に、お輿入れほかの諸事万端に心を配り、源氏に協力する。その態度は「いとらうたげなる」「いとどありがたし」（同）と、源氏に見称えられる。けれども、紫の上に耐え忍ばれるべき苦悩の現実は、厳然として彼女の前にあった。源氏は夜離れなく宮のもとに通う。夫の装いを整えて送り出し、夜ごとに孤閨を守る紫の上の寂寥、苦悩は深刻であった。

忍ぶれどなほものあはれなり。…うちながめてものしたまふ気色、…硯を引き寄せて、

目に近く移ればかはる世の中を行く末とほくたのみけるかな

…思ひ定むべき世のありさまにもあらざりければ、今より後もうしろめたくぞ思しなりぬ。

(同六二～六六)

今まで源氏の愛に全幅の信頼を寄せて慢心、六条院の正室然として傲り高ぶっていた己れの浮薄さをくり返し悔い、同時に将来への不安を募らせる紫の上である。侍女たちも「思はずなる世なりや。」と嘆き呟く。紫の上は「つゆも見知らぬやうに」平静を装い続け、かつは女房たちの不平口を窘める。しかし、またも紫の上に到来する夜の孤愁、憂悶であった。

世の中もいと常なきものを、などてかさのみは思ひ悩まむ、…げにかたはらさびしき夜な夜な経にけるも、なほただならぬ心地すれど、かの須磨の御別れのをりなどを思し出づれば、…ただおなじ世の中に聞きたてまつらましかばと、…我も人も命たへずなりなましかば、言ふかひあらまし世かは、と思しなほす。

(同六七～六八)

前後の文脈において、「世」の語が、さし当たって源氏との「夫婦仲」を意味しつつ、紫の上の内面に即していち早く広義の「世の中」「常なきこの世」の意に伸展する、その両義性の深化が注意される。無常の「世の中」にあって「などてかさのみは思ひ悩まむ」今の苦悩の空しさ、無意味さをいたく思い知りながら、紫の上は同時に源氏との夫婦「世」、己れの苦悩の現実を見つめ直し、立ち返ってこれを生き改めたくも念じ、懊悩している。紫の上のそうした思念が、現段階で、深い宗教的認識とは評せられないとして、体験的な自覚として彼女は早くも地上「世」と非地上「世」を往還、彷徨して苦悩しているのだといえよう。蓋し、その苦悩とは紫の上における存在の孤独と不安——第一部の物語から「ゆかり」即「形代」存在としての彼女に潜在の、根源的かつすぐれて宗教的内問〝私はどこから来てどこへ行くのか〟——の顕在、再生なのであろう。そして、紫の上のそうした両義「世」はざ間を生きてする苦悩が本源となって、やがて晩年の彼女の出家願望、それの叶わぬ深い絶望と死の物語、言われるところの六条院世界の内部崩壊の終末物語の主題を領導するのである。但し、いま第二部の長大な六条院物語の性急な読み括りは慎まなくてはならない。物語はなお、驚くべき息の長さで彼女の内面の苦悩の深化過程をいっそう奥深く追求し続けるのだからである。その物語文脈の確かな読み押さえによって、はじめて紫の上の生と死の意味、その贖罪の生涯についての把捉が可能であろうゆえ、小論は引き続きそれの追読作業に従事する。

二　献身

その秋、紫の上は自ら女三の宮との対面を申し出る。懐妊して里下がりした養女明石女御との対面の折、女三の宮にも挨拶し、妻として互いに「隔て」のない仲を望む源氏の期待に応えようとする紫の上である。としながら、彼女の内面に即していえば、本来は六条院正室である己れの高い矜持を棄てて自ら進んで謙譲卑下の場に赴こうとの、苦悩大きい決意ではあった。二人の親近を手放しで悦ぶ源氏の前で、彼女の心内は深い憂悶に沈む。

身のほどなるものはかなきさまを、…うちながめたまふ。手習などするにも、…もの思はしき筋のみ書かるるを、さらばわが身には思ふことありけりとみづからぞ思ひ知らるる。

(同八八)

見つけ出された紫の上の手習歌。

身に近く秋や来ぬらん見るままに青葉の山もうつろひにけり

追って書き添えられた源氏の応和歌。

水鳥の青葉は色もかはらぬを萩のしたこそけしきことなれ　（同八九～九〇）

今きわどく成立した唱和であるが、ひっきょうは互いの独詠の並列に過ぎず、二首は共生連帯の「対詠、ダイアローグ」[2]にはほど遠い。この変形唱和の後、紫の上は宮との初めての対面に自ら「中の戸開けて」（同九〇）進み出る。

いと幼げにのみ見えたまへば心やすくて、おとなおとなしく親めきたるさまに、昔の御筋をも尋ねきこえたまふ。中納言の乳母といふを召し出でて、「おなじかざしを尋ねきこゆれば、かたじけなけれど、…」などのたまへば、…御心につきたまふべく、絵などのこと、雛の棄てがたきさま、若やかに聞こえたまへば、げにいと若く心よげなる人かなと、幼き御心地にはうちとけたまへり。　（同九〇～九二）

幼稚で未熟な女三の宮の人柄が、紫の上に初めて見現わされる。紫の上は先ずは心和み、「おとなおとなしく親めき」落ち着いて対応する。宮付きの乳母中納言を「召し出でて」宮の素姓、血縁について尋ねるのは、「紫の上が女三の宮方に対して優位に立ったことを暗示する」（『新編全集』頭注）のであろう。紫の上はさらに絵本のこと、雛遊びについて話題を展げ、幼稚な宮との親睦を図る。初期の紫の上自身がそうした稚純な性質を具えていたので（「若紫」「葵」）、ここでの二人の親昵は早速であった。対面の後、二人は「常に御文通ひ」（同）などして、いっそう親交を深めていく。この対面場面を通して小論が読み押さえたい要点とは、いま紫の上が年功成熟の優位に立っていればこそ、苦悩の現実女三の宮を自らに受け容れ、あえて謙譲自抑の姿勢で六条院を支えるべき己れの位地を思い定めたところにある。すなわち、紫の上の献身によって、六条院の秩序と安寧、さらなる繁栄の基いが築き改められようとしているのである。

文脈を遡ることになるが、かくも幼稚で未熟な女三の宮像造型は、物語において早く「若菜上」巻始発部の宮登場の当初から入念になされていた。「若く何心なき」「おぼつかなく心もとなく」「まだ小さく片なりに」「らうたげに幼き」「何心なくはかなき」「あえかなり」（同二七〜七三）などの形容語を以て、それは反復強調されている。そして、宮のそうした幼さの造型が後の柏木との密通事件、すぐさま発覚する悲劇、ひっきょうするに六条院世界内部崩壊の物語の第二展開部のための用意であったのは確実として、先んじて重要な意味を持つのが対紫の上との関係性においてであった。宮のその幼稚な性格こそが六条院への降嫁に直結し、そのゆえに始まった紫の上の深刻な憂悶、苦悩だつたからである。また、同じ文脈中の早い語りとして、女三の宮の素姓について紹介があった。母女御は先帝の皇女として生まれた。藤壺中宮、紫の上の父式部卿宮の異母妹である。賜姓源氏に降りて後東宮（今の朱雀院）に入内して寵を厚くしたが、更衣腹ゆえはかばかしい後見もなく、弘徽殿太后や尚侍朧月夜に圧倒されていかにも「心細げにて」、女三の宮出生後「世の中を恨みたるやうにて」早世した（同一七〜一八）。こうした宮の素姓、生い立ちは、初期の紫の上の状況によく似ている。大朝雄二氏によると、それは「極めて作為的な状況設定」、女三の宮新登場は「紫のゆかりである紫の上に似通うもう一人の紫のゆかり」設定であると考論される。[3] また池田節子氏も、「（女三の宮は）性格面でも、紫の上を踏襲している」と説論される。[4] 両氏説に学んだ上で、いま対面して親和する「二人の紫のゆかり」は、共に源氏と藤壺の罪障に繋がれて「世に漂ひさすらへむ」（同二〇）「形代」存在なのでもあると追考して許されよう。この物語で、「ゆかり」は「血」の縁りを第一義としつつ、それに相即して「罪」の縁りすなわち「形代」をも意味するからである。但し、「決定的に内実に差のある二人[5]」の生き方の相違は必然で、ひっきょう女三の宮の幼さは結果的に源氏の罪障を撃ち、紫の上の苦悩は非地上への祈り、源氏のための贖罪の契機となる。詳考は後述に譲る。

さて、紫の上と女三の宮の融和が成って、六条院は安泰、ますますの栄華を世に誇る。続いて物語は、紫の上主催の源氏四十賀薬師仏供養、二条院で催されても自ずから盛大となる精進落としの祝宴、さらに中宮主催の饗応、帝の後援による夕霧主催の賀宴など、うち続く祝賀行事について詳叙する。六条院の極まりゆく栄華を語り満たそうためである。その栄華の頂きにあって、いま源氏は、

過ぎにし方の御ありさま、内裏わたりなど思し出でらる。故入道の宮おはせましかば、…飽か

ずロ惜しくのみ思ひ出できこえたまふ。　（同九六）

生涯忘れることのない藤壺との罪障の過去を回想する。清水好子氏の考論に学ぶ「過去の甦り」であり、「若菜上下巻には光源氏が四十年の生涯に経てきた事件や関係した人物がほとんどすべて再登場し、回想されて、その意味をあきらかにしてゆくが、それはもとより過去の最大の事件である藤壺との密通、冷泉帝誕生について問い直すためであった。(6)」のである。そのことを了解した上で小論に注意されるのは、紫の上の献身、奉仕によっていや栄える六条院の語りに差し挟むようにして藤壺との深い罪障が回想して語り込められる、その物語叙述のあり方である。それは紫の上が、自身の意識を超えて、源氏と藤壺の罪障を贖う存在の位相にあることの、文体を以てする証しと読まれて当たっていよう。さらに続く明石女御の出産、若宮誕生とその健やかな成長、明石一族の盛運、源氏の住吉参詣など、六条院の無上の栄耀が尽きせず語り展げられるのであるが、それらの慶事全てに渉って、いま紫の上のひたむきな献身の支えがあるのを読者はつぶさに読み知っている。

三　出家願望

物語は、空白の四年間を経て、冷泉帝のにわかな譲位のことを語る。新院には皇子がなく、その皇統の断絶は無念で寂しいが、同時に藤壺との「罪は隠れて」（「若菜下」一六五）済んだとの源氏の密かな安堵感もあった。しかし、永遠の「天眼」（「薄雲」巻）にその「罪」が覆い隠されて終わろうはずもなく、あくまでも償われて滅ぼされなくてならない仏法の理を物語はあくまでも問い求め続ける。正妻女三の宮にも勝る威勢、世人に見えていよいよ源氏との仲睦まじい紫の上が、物語に唐突に、出家の願望を申し出る。

「今は、かうおほぞうの住まひならで、のどやかに行ひをもとなむ思ふ。この世はかばかりと、見はてつる心地する齢にもなりにけり。さりぬべきさまに思ひゆるしてよ」とまめやかにきこえたまふをりをりあるを、…

（「若菜下」一六七）

栄華を極める六条院での生活を「おほぞうの住まひ」なおざりの生活と厭い、「この世はかばかり」と思い離れたい紫の上の「世」認識である。源氏は「あるまじくつらき御事」（同）と、諫止する。彼自身も年来その本意を抱きつつ、しかし紫の上への愛情ゆえに実行を思い止まって来たのだから、彼女の先んずる出家は許されないと言う。それを地の文で「妨げ」と叙す表現は、紫の上の意識に沿ってのものではあるが、それ以上に物語の思想が、源氏の愛情を紫の上の道を塞ぎ蔽う罪障（『岩波仏教辞典』参照）してと捉えているからである。年月の経過と共に、紫の上の出家願望はさらに募る。

あまり年つもりなば、その御心ばへもつひにおとろへなん、さらむ世を見はてぬさきに心と背

きにしがな、とたゆみなく思しわたれど、さかしきやうにや思さむとつつまれて、はかばかしくもえ聞こえたまはず。（同一七七）

源氏の許可なく自発的に出家しようかとさえ思念する紫の上であるが、さすがに踏み切れない。ここでの「さかしきやう」は、諸注釈に従って「男まさりの女の様」の意に解されるとして、それは紫の上が自分の世間体を意識する心内語と読まれるに必ずしも当たるまい。正確には、そこに源氏の体面を慮ってする紫の上の愛執が読み当てられて相応しいであろう。物語は、今や確実に宗教を志向する人間の問題を主題化しつつあると考えられる。

その翌年正月、六条院の極まった栄華を象徴するかの絢爛華麗な女楽が催される。春灯に映える四女性の優美華麗な容姿、彼女たちの奏でる楽の音の妙にも美しい交響…。源氏も加わって、典雅な演奏会は夜更けまで続く。女楽が終わって翌朝、余韻醒めやらぬ源氏と紫の上夫婦は感慨も深く、しみじみと語り合う。談及んでする源氏自らの半生回顧、述懐に、またも「あじきなくさるまじき」「心に飽かずおぼゆる」（同二〇六）藤壺との罪深い恋が想起され、添えるようにして紫の上の「人にすぐれたりける宿世」「いとど加ふる心ざし」（同二〇七）が語られる。対する紫の上の応答は、それによく相応するものとは成し難い。

のたまふやうに、ものはかなき身には過ぎにたるよそのおぼえはあらめど、心にたへぬもの嘆かしさのみうち添ふや、さはみづからの祈りなりける」

（同二〇七）

「心にたへぬもの嘆かしさ」が「祈り」という紫の上の述懐について、その「祈り」の内実とは何か、釈するに難解とされる。本文誤写の可能性も含めて、これまで諸賢による多様な読解が行われ、それらについて山本利達氏によるゆき届いた整理、検討がある。(7) 小論では、丸山キヨ子氏による論解「苦しみの体験がむしろ支えとなって、…『苦しみ嘆きは恵みの契機である』、『苦しみ嘆きは恵みである』という見えない世界の導きを考える、一種の宗教性をもつ考え方に連なるものをもっている」(8) が、正鵠を射ていると考える。紫の上の苦悩は、今や「変容」して、個として永遠者に向き合ってする「みづからの祈り」、信仰に深まりつつあるのである。紫の上は、重ねて出家の願望を訴える。

まめやかには、いと行く先少なき心地するを、今年もかく知らず顔にて過ぐすは、いとうしろめたくこそ。さきざきも聞こゆること、いかで御ゆるしあらば」

（同二〇七～二〇八）

源氏は、これまで同様許可しない。彼は過往の女性関係を引き合いに出してまで紫の上の卓越した人格を称揚するが、紫の上の憂愁はもはやそれで癒される質にも、レベルにもない。

あやしく浮きても過ぐしつるありさまかな、げにのたまひつるやうに、人よりことなる宿世もありける身ながら、人のしのびがたく飽かぬことにするもの思ひはなれぬ身にてややみなむとすらん、あぢきなくもあるかな、……

（同二一二）

阿部秋生氏の考説に学ぶとおり、「六条院（源氏―引用者注）は、自身の対女性関係の中における紫の上の地位だけを問題にしているが、紫の上の想念は、その六条院の対女性関係という圏内にとどまってはいない。…一人の人間として、ともかくもその生の意味を問うた人の想念である。次元を異にしている」「根を据えた生活、足をつけるべき地盤がわれわれの常識とは別のところにある…仏教的思考が、紫の上の思考の前提にある。」のである。(9) あるいは見解を異にして、後藤祥子氏は、紫の上の出家願望について、「優位に立っているという状態を踏まえて、紫の上ははじめて戦線離脱を宣言することができるのだろう。…彼女の発心は至って不純で意地張ったもの、…自ら敗北を認める結果になるのを惧れての、自尊心のなせるわざ」と考論される。(10) ただ、一見したたかとも読まれる紫の上の処世態度について、それは彼女が現実苦に身を処してこれを超越する、まさしく献身の生き方に徹しようとする姿勢の表れと釈されないであろうか。そうした現実認識の深みからする紫の上の出家願望はもっと切実で、かつ真摯なものだった。また、そうであればあるほど、現実逃避の安易な出家は彼女に深く悩まれ、やり過ごされなくてはならなかったのである。紫の上は出家できなかったのではなく、正確には出家しなかったのである、と小論は考える。

苦悩の暗夜を過ごしたその暁、紫の上は発病する。物語本文がその時の年齢をわざわざ「三十七」と叙して彼女の重厄の年に合わせるその文脈は読み易いとして、諸注解の指摘のとおり、それは藤壺の死去の年齢にことさら一致させた叙述なのでもあった。物語は、紫の上が源氏と藤壺の罪障を贖うべく、さらなる受苦を生きる存在であることを重ねて暗示する。

四　死

病いは年久しく続き、月日を追って篤しくなる。強いて生き永らえたい命と思わないながら、死別後の源氏の悲嘆を思いやって、紫の上は深い悲哀に沈潜する。また、後生の救済を祈って私に仏事を行うに併せ、くり返し出家を切願する。

いかでなほ本意あるさまになりて、しばしもかかづらはむ命のほどは行ひを紛れなくと、たゆみなく思しのたまへど、（「御法」四九三～四九四）

しかし、源氏はあくまでも許可しない。紫の上は、またも「御ゆるしなくて、心ひとつに思し立たむ」独断遂行を思いもするが、源氏への愛執のゆえ、そうした「あさへたる」（同）思慮のない、自己本位の出家は彼女の本意ではなく、断行はしない。むしろ逆に「わが御身をも、罪軽かるまじきにやと、うしろめたく思されけり。」（同四九五）と、出家の叶わない己れの罪障深さに思いを致し、不安を覚える。真実の求道、発心に向かう者のみがする罪と不安の自己認識のありようなのであろう。春三月、死期の近いことを予感した紫の上は法華経千部供養を修する。帝をはじめ、東宮、后の宮たち、御方々からの誦経、捧持などが合わせられ、自ずと厳かな法会となる。が、迫り来る死と対峙し、紫の上は独り痛切な悲哀、寂寥に心身を委ねるほかはない。前後の叙述で、地の文は紫の上の心内表現と一体化し、「あはれ」「心細し」の語が重出する。

今日や見聞きたまふべきとぢめならむ、とのみ思さるれば、さしも目とまるまじき人の顔どもも、あはれに見えわたされたまふ。（同四九八）

紫の上は、ま近に迫る死と正面から向き合い、その目で再び地上「世」を返り見渡す。今や永訣の時、生きとし生けるもの全てに、紫の上の「あはれ」、悲哀を湛えてかつ慈愛に満ちた眼な差しが注がれる。

誰も久しくとまるべき世にはあらざなれど、まづ我独り行く方知らずなりなむを思しつづくる、いみじうあはれなり。（同四九八～四九九）

鈴木日出男氏は、「行く方知らず」の歌語表現をキイワードに、今の紫の上の「死への不安・恐怖」、「底知れぬ絶望」を読み解かれた[11]。彼女のま近い終末に、救済はないのであろうか。その夏の暑さを耐え凌いで、紫の上は極度に衰弱する。やがて秋、夕暮れの前栽に萩の露が風に乱れ落ちるのを眺めながら、紫の上は源氏、明石中宮と唱和する。これが紫の上の絶唱となった。

おくと見るほどぞはかなきともすれば風にみだるる萩のうは露

源氏の返歌。

ややもせば消えをあらそふ露の世におくれ先だつほど経ずもがな　（同五〇五）

この唱和の後、その夜明け方、紫の上は「まことに消えゆく露の心地して」（同五〇六）、静かに息を引きとつた。

飽かずうつくしうげにめでたうきよらに見ゆる御顔のあたらしさに、…つゆばかり乱れたるけしきもなう、つやつやとうつくしげなるさまぞかぎりなき。　（同五〇九）

その死顔の比類のない「うつくし」さ、「きよら」さに、藤井貞和氏は「物語のなかのほとんど唯一の救済」を読み取られる。[12]

紫の上の終末に救済はあったのか、否か。当時の仏教思想の主流とは一定の距離を置いていたとされるこの物語であっても、[13]不出家のままの死に救済はないとする一般的な考え方が明らかに認められる。いま、底知れない絶望と恐怖の深淵に沈んで死に逝く紫の上の臨終に、極まった「あはれ」、不救済の思想を読んで至当なのではあろう。と同時に、生涯己れの存在の意味を内問しながら、苦悩し、絶望し、永遠を思慕してひたすらに献身、贖罪の生を歩み続けた彼女の清らかな死に、物語作者は久遠の平安と救済の光を与えて惜しみたくなかったはずなのである。

以上、第二部の紫の上における贖罪の生と死についての、ささやかな試論とする。

注

(1) 鈴木一雄氏「源氏物語における〝ゆかり〟について」(「むらさき」第四輯　昭四〇・一一、武蔵野書院)。付するに、拙稿「第一部の紫の上について—存在の孤独と不安—」(『源氏物語の展望　第四輯』平二〇、三弥井書店所収)。

(2) 清水文雄氏「国文学」(『国語教育科学講座1』昭三三、明治図書出版所収)。

(3) 大朝雄二氏「女三の宮の降嫁」(『講座源氏物語の世界　第六集』昭五六、有斐閣所収)。

(4)(5) 池田節子氏「女三の宮」(『源氏物語講座2　物語を織りなす人々』平三、勉誠社所収)。

(6) 清水好子氏「源氏物語の主題と方法—若菜上・下巻について—」(『源氏物語研究と資料第一

輯』昭四四、武蔵野書院所収)。

(7) 山本利達氏「紫上の論法―さはみづからの祈りなりける―」(「国語国文」第七三巻第五号 平一六・五)。

(8) 丸山キヨ子氏『源氏物語の仏教』(昭六〇、創文社)。

(9) 阿部秋生氏『源氏物語研究序説』(昭三四、東京大学出版会)。

(10) 後藤祥子氏『源氏物語の史的空間』(昭六一、東京大学出版会)。

(11) 鈴木日出男氏「紫の絶望―『御法』巻の方法―」(「文学・語学」第四九号、昭四三・九)

(12) 藤井貞和氏『源氏物語の始原と現在―定本』(昭五五、冬樹社)。

(13) 村井康彦氏「仏教と人間」(「国文学」昭四六・六、学燈社)他。

稿中、諸賢のご高論を引用させていただき、感謝申し上げる。また、本文の引用は『新編全集源氏物語』(小学館刊)に拠り、巻名と頁数を記した。同じく、感謝申し上げる。

関　一雄

『源氏物語』の表現技法

――用語の選択と避選択・敬語の使用と避使用――

『源氏物語』は世界最古の長編と言われているが、使われた言葉の数からしても、異なり語数で一一、四二三、延べ語数で二〇七、八〇八（いずれも自立語の数値で、助詞・助動詞などの付属語は含まれない）と、かなり厖大な言語量によって成り立っている。一方、ほぼ同時期に書かれた『枕草子』は、異なり語数で五、二四七、延べ語数で三二、九〇六と、異なり語数では約半分、延べ語数となると、約六分の一と少なくなる。(1) ところが、『枕草子』に用いられているのに、『源氏物語』には一例も見えない語は少なくない。(2)

本稿の一では、その内で「照る」と「(汗) あゆ」の二語を採り上げ、『源氏物語』で何故この二語を用いなかったのか、主として『枕草子』の表現と比較し、「用語の避選択」と「表現の細描」という観点から私見を述べる。二では『源氏物語絵巻詞書』との対比を通して、主として敬語表現の技法の一端に触れて表題の補いを試みる。

一　用語の選択と避選択

照る

1・やよひの十日のほどなれば、空もうら〳〵かにて、人の心ものび、ものおもしろきおりなるに、内わたりも、節会どものひまなれば、たゞかやうの事どもにて、御方〳〵暮らし給ふを、おなじくは、御覧じ所もまさりぬべくてたてまつらむの御心つきて、いとわざと集めまいらせ給へり。

（絵合「新日本古典文学大系」による。以下同じ。）

「空もうら〳〵かにて」という表現の「空も」は、「人の心ものび」の「心も」と響き合い「〜も」「〜も」の並列の表現の妙が、「うら〳〵かに」から「のび」に及んで、前者の情景描写が人の心情描写に極めて自然に移行していく。

一方、『枕草子』では、

1・三月。三日はうら〳〵とのどかに照りたる。桃の花のいま咲はじむる。柳などおかしきこそさらなれ、それもまだまゆにこもりたるはおかし。ひろごりたるはにくし。花もちりたるのちはうたてぞみゆる。

（二段「ころは 正月。三月、」『新日本古典文学大系』本による。以下同じ。）

同じ時節の情景描写で「照る」を用いている。『源氏物語』との違いは、情景描写にとどまるところにもある。

2．年たちかへる朝の空のけしき、名残なく曇らぬうら〻かげさには、数ならぬ垣根のうちだに、雪間の草若やかに色づきはじめ、いつしかとけしきだつ霞に、木の芽もうちけぶり、をのづから人の心ものびらかにぞ見ゆるかし。ましていとゞ玉を敷ける御前の、庭よりはじめ見所多く、磨きまし給へる御方〳〵のありさま、まねびたてんも言の葉たるまじくなむ。（初音）

「名残なく曇らぬ」と表現して「(日の) 照る」を避ける。続く「うら〻かげさ」は「うららかげ」に「さ」を結合した用語（造語）である。「うららかげ」は目に映る情景であり、それを名詞化する「さ」によって助詞「に（は）」の下接を可能にし、情景描写を続けていき、「人の心ものびらか」で、登場人物の心情の描写に移っていく。新春のいかにもウラウラとし、ノビノビとした情景と心情が彷彿として読者を魅了する

3．いと暑き日、東の釣殿に出で給ひてすゞみ給ふ。中将の君もさぶらひ給ふ。親しき殿上人あ

またさぶらひて、西川よりたてまつれる鮎、近き川のいしぶしやうのもの、おまへにて調じてまいらす。例の、大殿の君達、中将の御あたり尋ねてまいり給へり。(源氏)「さう〴〵しくねぶたかりつる、おりよくものし給へるかな」とて、大御酒まいり、氷水召して、すひはむなど、とり〴〵にさうどきつゝ食ふ。風はいとよく吹けども、日のどかに曇りなき空の、西日になるほど、蟬の声などもいと苦しげに聞こゆれば、(源氏)「水の上無徳なる今日の暑かはしさかな。無礼の罪はゆるされなむや」とて、寄り臥し給へり。(常夏)

「日のどかに曇りなき空」は、2と同様に「日の照る空」のことを言っているのだが、ここでも「照る」を避けている。「照る」は『枕草子』の次の2・3の用法によれば、〈照りつける〉のイメージが感じ取れる。「照る」を避け、後続の場面で「無礼の罪」と断り、くつろいだ姿で「寄り臥し給へ」る光源氏の姿は「日のどかに曇りなき空」という描写と融合していると考えられる。

2．水無の池こそ、あやしうなどてつけけるならんとてとひしかば、「五月など、すべて雨いたうふらんとする年は、この池に水といふ物なんなくなる。又、いみじう照るべき年は、春のはじめに水なんおほくいづる」といひしを、「むげになく乾きてあらばこそさもいはめ、出る折もあるものを、一すじにもつけけるかな」といはまほしかりしか。(三五段「池は」)

3．たとしへなきもの　夏と冬と。夜と昼と。雨ふる日と照る日と。人の笑ふと腹立つと。老ひたると若きと。（六八段「たとしへなきもの」）

「照る」の一語で、端的かつ直截な表現を好む『枕草子』に対し、「名残なく曇らぬ〜」等で表現する『源氏物語』には、情景を詳細に描きながら登場人物の心情に結び付けていく技法が窺い取れるが、この差は当然のことながら、二つの作品全体の内容にも関わっているものと考える。『源氏物語』のこのような表現を「細描の技法」と仮称する。

あゆ

1.（源氏）「などかくいぶせき御もてなしぞ。思ひのほかに心うくこそおはしけれな。人もいかにあやしと思ふらむ」とて、御衾を引きやり給へれば、（紫上ハ）汗にをしひたして、ひたい髪もいたう濡れ給へり。（葵）

2.（匂宮ハ）人のおぼすらん事もはしたなくなりて、（浮舟ニ）いみじううらみ契りをきて出で給ひぬ。（浮舟ハ）おそろしき夢のさめたる心ちして、汗におしひたして臥し給へり。（東屋）

右の「汗におしひたす」は「〈○○ヲ〉汗におしひたす」の表現技法として捉えると*1*.では、「〈額髪ヲ〉汗におしひたす」の意であろうかと、後続句を見て一応は考えられる。しかし、*2*.では、〈○○ヲ〉に相当するものが表現されていない。そこで、「ひた（浸）す」はどうかと見ると、

（走井ニ）ちかく車よせて、おくなる方に幕などひきおろして、みな下りぬ。手足も浸したれば、こゝち物思ひはるくるやうにぞおぼゆる。　（蜻蛉日記　中「新日本古典文学大系」による。）

の例の如く「〈手足ヲ水ニ〉ひた（浸）す」という用法である。

従って*1*.*2*.の「おしひたす」は、「〈身ヲ汗ニ〉おしひたす」という用法として、捉えるのが至当ではなかろうか。*1*.の後続句によって一応示した解も、「ひたい髪も」とある「も」に留意すれば、「身もひたい髪も」の意であると訂正しなければならない。

3.障子を引きたてて、（源氏→中将）「あかつきに御迎へにものせよ」との給へば、女は、この人の思ふらむことさへ死ぬばかりわりなきに、流るゝまで汗になりて、いとなやましげなり。（帚木）

の例にしても、「〈身ノ〉流るゝまで汗になりて」という用法として捉えるべきと考える。

4.この女君いみじくわなゝきまどひて、いかさまにせむと思へり。汗もしとゞになりて、われかのけしきなり。（夕顔）

右のような表現は誇大表現とも言えようが、「汗の流れ出る」情景の描写を詳細に表した「細描の技法」として捉えたい。上掲の表現のほかに「汗も流れて」（紅葉賀）・「水のやうに汗も流れて」（若菜下）など、現代語の感覚からして抵抗なく受け入れられる用法もあるが、「汗」を「水」になぞらえての表現であることには、変わりがない。『狭衣物語』の「汗にをしひたしたるやうに」「御汗も涙も流れまさりて」、『夜の寝覚』の「汗と涙とにうかび出ぬばかりの気色」も同様で、『源氏物語』の表現技法に習ったものであろう。（二作品共「日本古典文学大系」による。）

ところで、『狭衣物語』には、「汗あゆ」が用いられている。

i（姫君ハ）「あやしく、恥し」と、思たるものから、うち泣きなどもせず、顔うち赤め、汗あへなどして、（三）

ii若き人々（女房達）は、あいなう汗あへてぞ聞きける。（四）

また、『夜の寝覚』には、

○宰相の君といふ人の、乳あゆる、御乳母に召したり。（二）

と、「乳あゆ」という用法が見られる。

「汗あゆ」「乳あゆ」の「あゆ」に共通するものは、「(身体から)出る」である。

これが『枕草子』になると、

ｉ(中宮→清少)「(略)」などおほせらるゝにも、すゞろに汗あゆる心ちぞする。
(二〇段「清涼殿のうしとらのすみの」)

ii行幸などみるおり車のかたにいさゝかも(大納言様ガ)見をこせ給へば、下簾ひきふたぎて、透影もやと扇をさしかくすに、猶いとわが心ながらもおほけなく、いかでたち出でにしかと、汗あへていみじきには、なにごとをかはいらへも聞えむ。
(一七七段「宮にはじめてまいりたるころ」)

iii日のかげもあつく、車にさし入りたるもまばゆければ、扇してかくしゐなをり、ひさしく待つもくるしく、汗などもあへしを、
(二〇五段「見物は」)

iv御簾のうちに、そこらの御目どもの中に、宮の御前の、みぐるしと御覧ぜんばかり、さらにわびしきことなし。汗のあゆれば、つくろひたてたる髪なども、みなあがりやしたらんとおぼゆ。
(二五九段「関白殿、二月廿一日に」)

の如く、「汗あゆ」とだけ表現され、「汗流る」のような用法は見られない。(「汗の香」のような用

法が四一段に見られる）。

このことについて、国語学者と、国文学者の見解を参照してみる。

国語学者の森昇一『平安時代敬語の研究』〈一九九二年〉では、「汗あゆ」は『枕草子』が初出であるとし次のように言う。

（「汗あゆ」には）やはりその新しさは感じられる。その新しさがいかなる理由であるかについては分からない。日常性、あるいは口頭語性などといふ性質のものなのか、あるいは創造性といふものなのか、いづれにせよ、従来から語彙語法の面からその新しさは指摘されてきた。

（五一〇頁）

この箇所の後に、「「汗あゆ」は枕草子が初出である。」との記述も見られるが、作品の成立とその語がいつ頃から使われていたかは必然的な関連をもたない。作品の成立は後でも、『狭衣物語』に「汗あゆ」の用例があることから、平安時代に「汗あゆ」が日常的用語として存在したとしてよいのではないいか。

国文学者の三田村雅子『枕草子　表現の論理』〈一九九五年〉では、『枕草子』のⅱの例について、

ここでは、皮膚という界面において、かくあるべき自己・かく見られたい自己を投影した

「化粧した」自己と、化粧に隠されたおびえまどう自己は、激しくせめぎあっている。「汗」とは、その界面に穴を穿つもの、皮膚が無数の穴のあいた膜であることを暴露するものでもあるのである。

（三二三頁）

と述べ、iの例については、

中宮定子に天皇の前で誉められて得意満面の場面も、さらりと賞讃を受け流すことのできない、こわばった身体の表現として捉えられているのである。

（三二四頁）

と解析する。

ここでは「汗あゆ」が、一語（句）として扱われているのであるが、「あゆ」は「流る」のような具体動作語動詞（いわゆる多義動詞）でなく、限定動作語動詞であることに注意したい。「照る」の一語で、端的かつ直截な表現を好んだ『枕草子』が、「汗」の「身体から出る」という属性を端的に表す日常的用語「あゆ」を選択して、三田村の言うような「身体の表現」をなしたと考えられ、この点からも、『源氏物語』の「細描の技法」とは対照的と言えるであろう。

二　敬語の避使用と人物視点表現―絵巻詞書との対比を通して―

『源氏物語』の表現技法として、用語の「避選択」と関わって、物語の背景となる情景描写と登場人物の身の動き・心情の変化を微細に描き上げる「細描の技法」がなされている。その一端を、前節で述べた。本節ではそれが敬語表現とも重層して、言葉が描く映像の世界が構築されていることを補説したい。それは、『源氏物語絵巻詞書』と対比することによって明確に論証される。『源氏物語絵巻詞書』は、専門家の説を参照すると、十二世紀前半に書かれたもので、最古の書写本とも言われるが、その実態はどのようなものであったか。本稿では、「橋姫」「宿木（三）」に限定して述べる。

詞書は田島毓堂『源氏物語絵巻詞書総索引』〈一九九四年〉の本文篇により、摘宜、濁点・句読点・引用符を施す。物語本文は「新日本古典文学大系」による。掲出の順序は、物語本文・詞書（□内に示す）とし、双方のいずれかに無い部分・相違する語句に傍線を付し、後にコメントするものには番号を添える。

橋姫巻の物語本文と絵巻詞書□内

①あなたに通ふべかめるすひがひの戸を[1]、すこしをしあけて（薫ガ）見給へば、月をかしきほどに霧わたれるをながめて、簾をみじかく[2]巻き上げて、人〳〵ゐたり。簀の子に、いと寒げに、

身細くなえばめる童一人、おなじさまなる大人などゐたり。うちなる人一人、柱にすこしゐ隠れて、琵琶を前にをきて、撥を手まさぐりにしつゝゐたるに、雲隠れたりつる月の、にはかにいと明かくさし出でたれば、（中君）「扇ならで、これしても月は招きつべかりけり」とて、さしのぞき[3]たる顔、いみじく[4]らうたげににほいやかなるべし。

①′

あなたにかよふべかめるすいがいを、すこしをしあけてみたまへば、つきの、をかしきほどにきりわたれるをながめて、すだれ[2′]すこしまきあげて、人〻ゐたり。すのこに、なえばみたるわらは、おなじさまなるおとなゐたり。うへなるひと、一人はしらにすこしゐかくれて、びはをまへにおきて、ばちをてまさぐりにしては、かくれたりつるつきの、にはかにいとあかくさしいでたれば、「あふぎならで、これしてもつきはまねきつべかりけり」とて、さしのぞき[3′]たまへる　かほつき、[4′]いみじううつくしげなり。

②添ひ臥したる[5]人は、琴の上にかたぶきかゝりて、（大君）「入る日を返す撥こそありけれ、さま異にも思ひをよび給ふ御心かな」とて、うち笑ひたる[6]けはひ、いますこし重りかによしづき[7]たり。

②′

そひふし[5′]たまへるひとは、ことのうへにかたぶきかゝりて、「いるひをかへすばちこそありけれ、さまことにもかよひたまへるおほむこゝろかな」とうちわらひ[6′]たまへる、います

こしおもりかにあい行づきたまへり[7′]、、
(中君)「をよばずとも、これも月に離るゝ物かは」など、はかなきことを、うち解けの給[8]かはしたるけはひども、さらによそに思ひやりし[9]には似ず、いとあはれになつかしうおかし。昔物語などに語り伝へて、若き女房などの読むをも聞くに、かならずかやうの事を言ひたる、さしもあらざりけむと、にくゝおしはからるゝ[10]を、げにあはれなる物の隈ありぬべき世なりけり、と心移り[11]ぬべし。霧の深ければ、さやかに見ゆべくもあらず。又、月さし出でなんと、おぼす[12]ほどに、奥の方より、(女房)「人おはす」と、告げきこゆる人やあらむ、簾下ろしてみな入りぬ。

(橋姫　新大系(四)三一四～三一五ページ)

橋姫巻の物語本文①の傍線部1「の戸」は、「詞書」には無い。脱落であろう。2「みじかく」は、「詞書」に2′「すこし」とある。簾を「みじかく」巻き上げるという例は『源氏物語』にはこの一例で、注釈書は〈少シ〉と訳すものと〈高ク〉と訳すものとに分かれている。ここは、青表紙本・河内本には異同は無く、別本の横山家本・保坂本に「すこし」とある。この例の「みじかく」は、後世の「ひくく(低く)」「ひきく(低く)」の意を表す用法と認められる。[(3)]「詞書」の「すこし」は別本によったものかどうかは確定できないが、当時の言葉として理解しやすい「すこし」を用いたものであろう。本文3「(さしのぞき)たる」は、「敬語の避使用」(いわゆる無敬語表現)

であるが、「詞書」では3′「(さしのぞき)たまへる」となっている。これは物語本文4「らうたげににほひやかなるべし」という推量の表現と、「詞書」4′「うつくしげなり」という断定表現の相違とに関連している。3・4の表現は、次に補う通り、薫の視点からのものである。

この場面は、八宮のところに通うようになった薫が、その留守に八宮邸を訪れ、二人の姫君を垣間見するのであるが、薫にとってはじめのうちは、「さしのぞきたる顔」が姫君の一人のものであるかが定かでない。それが、「敬語の避使用」表現となり、「べし」で終わる推量表現となっているのである。「詞書」3′・4′の表現では、薫の視点は無視され絵の単なる説明になってしまっている。絵巻では薫が画面の右側に描かれているが、「詞書」の表現からは「視点人物[4]」になっているとは言えないのではないか。

物語本文②の5「(そひ臥し)たる」、6「(うち笑ひ)たる」、7「(よしづき)たり」も「敬語の避使用」で統一されている。一方「詞書」の②′の5′「(そひふし)たまへる」、6′「(うちわらひ)たまへる」、7′「(あい行づき)たまへり」は、対照的に敬語が使用されている。「詞書」は、7′の箇所で終わるが、物語本文の続きを見て行く。

8「(うち解け)の給ひ」とあって、ここで物語本文は、姫君達に敬語を使用する。ここは、まだ薫の視点表現が続いているところであるが、ここで、薫が始めて、八宮の姫君達であることに気づいたことを示している。それは、先行部分の大君の詞「思ひをよび給ふ御心かな」という貴族の姫君にふさわしい言葉遣いが、薫の気づきの伏線となっているのである。9「思ひやり(しには)」、10「推し量らるゝ」」、11「心移り（ぬべし）」と敬語の避使用が続き、薫の視点からの描写に戻るが、12「おぼす（程に）」で、語り手は薫から離れ、語り手の定位置に戻っていく。

この部分の物語本文は、最初の方では、薫の視点から二人の姫君に対して「敬語の避使用」を採り、薫が姫君だと分かった時点で、姫君に敬語を使用し、薫の動作には敬語を避使用することによって、薫の視点が連続していることを読者に発信し、場面の終わりで語り手の定位置に戻ることによって、語りに一段落をつけるという表現技法を採っているのである。

宿木巻の物語本文と絵巻詞書□内（「詞書」は宿木（三）の部分）

（匂宮ハ）なつかしきほどの御衣どもに、なおしばかり着給て、びわを弾きゐ給へり。黄鐘調の掻き合はせを、いとあはれに弾きなし給へば、女君（中君）も、※心に入り[1]給へることにて、ものえんじもえしはてたまはず、ちいさき御き丁のつまより、脇息によりかゝりて、[2]ほのかにさし出で給へる、いと見まほしくらうたげなり。

（中君）「秋はつる野辺のけしきもしのすゝきほのめく風につけてこそ知れ

わが身ひとつの」とて、涙ぐまるゝが、さすがにはづかしければ、扇を紛らはしておはする御心のうちも、らうたく[3]をしはからるれど、かゝるにこそ人（薫）もえ思ひ放たざらめ」と疑はしきがたゞならで、[4]うらめしきなめり。

（宿木　新大系（五）九四ページ）

心にいりたることにて、えゑじはてず、ちかきみき丁のつまより、けうそくにより《おし》かかりて、なやみたるさましてさしいでたまへる、いとみまほしくらうたげなり。
「あきはつるのべのけしきもしのすゝきほのめくかぜにつけてこそみれ
わがみひとつの」とてなみだぐまるゝが、さすがにはづかしければ、あふぎをまぎらはしておはするこゝろのうちも、らうたくおぼしやらるれど、かゝるにこそひともおもひはなれざらめとうたがはしきかたぐ〵おぼえてうらみたまふなめり。

宿木巻（三）の「詞書」は、物語本文の女君（中君）の※心に〜の部分から始まっている。物語本文はこの箇所傍線部1「(心に入り)給へる」と敬語を付けるが、「詞書」は傍線部1′「心にいりたる」と敬語を付けない。ここは人物視点表現であろうはずはなく、「詞書」は敬語を脱落している。傍線部2「ほのかに」が「詞書」では傍線部2′「なやみたるさまにて」とあって、大きく異なっている。「詞書」のこの説明は身重で苦しげであることを言ったものだが、そのような様子は絵では描き出せないからである。物語本文の方は、前からの続きで読者には分かっていることであるので「ほのかに」という動作を修飾し補う語を用いているのである。

傍線部3「をしはからるれ(ど)」、4「うらめしき(なめり)」は、匂宮の視点表現であり、「敬語の避使用」となっている。一方、「詞書」の方は傍線部3′「おぼしやらるれ(ど)」、4′「うらみたまふ（なめり）」と敬語を使用している。この部分の絵には視点人物は描かれておらず、橋姫巻のような問題点は無いが、上述の如く、「詞書」は、あくまで絵の説明と補足にとどまっていると言ってよさそうである。

語り手の定位置からは、敬語を使用すべき登場人物に、意図的に「敬語の避使用」を採ることにより、登場人物の視点からの描写がなされるという表現技法は、玉上琢彌によって夙に指摘されており、最近の国文学者にも肯定されている見解であるが、[5] 本稿は『源氏物語絵巻詞書』との対比によってそのことを明確にしたものである。

注

（1）宮島達夫『古典対照語い表』〈一九七一年〉の「統計表」による。

（2）大野晋『源氏物語』古典を読む—14〈一九八四年〉の五（三）『源氏物語』の表現

（3）北原保雄「形容詞「ヒキシ」攷——形容動詞「ヒキナリ」の確認——」（『国語国文』〈一九六八年五月〉）

（4）三谷邦明・三田村雅子『源氏物語の謎を読み解く』〈一九九八年〉では、画面の右側に描かれて垣間見する人物を「視点人物」と呼んでいる。この橋姫巻での説明は「鑑賞者は、あたかも垣間見している薫の眼になってこの情景を眺めている錯覚に陥るのである。しかも、薫は客体として描写されており、ここでも同化的描写が用いられている。観（察）者の眼は、薫のまなざしになってしまうのである。」となっている。物語本文について見れば、こうも言えそうだが、「詞書」の表現とは乖離した説明のように思われる。

（5）　玉上琢彌「敬語の文学的考察」（「国語国文」〈一九五二年三月〉）・原岡文子『『源氏物語』に仕掛けられた謎』〈二〇〇八年〉

安道百合子

『源氏』はどう受け継がれたか

――禁忌の恋の読まれ方と『源氏』以後の男主人公像――

はじめに

今回のアルス梅光公開講座のテーマは「源氏物語千年の夢」というものだった。「夢」という語は、物語において男女の逢瀬を意味することがある。

『伊勢物語』に描かれた斎宮との禁忌の恋。深夜男を訪ねた斎宮は

君やこし我やゆきけんおもほえず夢かうつつか寝てか覚めてか　（六九　狩の使　173頁）

と歌った。『源氏物語』の藤壺中宮との密会。「あやにくなる短夜」をすごした光源氏は、

見てもまたあふよまれなる夢の中にやがてまぎるるわが身ともがなと「むせかへりたまふ」（若紫①231頁）。「夢」は、時に男女の密会を暗喩的にあらわすものであった。

『源氏』（＊本稿では以下『源氏物語』を『源氏』と略す）以後の物語諸作品を思い浮かべたとき、そのテーマは『源氏』に描かれた禁忌の恋のテーマをどう受け継ぐかということに収束していくように思われる。そこで、禁忌の恋はどう受け止められたか、その読まれ方を確認したうえで、当事者たる男主人公の変容を追いかけてみたい。

一、『源氏』以後の物語

『源氏』以後も、物語は量産されている。

平安最盛期に成立した『源氏物語』の影響を受けた「姫君と貴公子との恋物語」―王朝物語の系列作品が、平安後期から鎌倉・室町時代に至るまで次々と生産され続けたのも事実である。[1]

かつて「擬古物語」と称された鎌倉時代以降の物語群に対する「中世王朝物語」という呼び名も定着してきた。物語というものが当時どう受け止められていたのか、『無名草子』の物語史観が端的に示していると思われる。『無名草子』は一般に、最初の物語評論書とされる。一二〇〇年ごろの成立で、俊成卿女の著作とする説が有力である。物語享受の一端を窺い知る資料であることは間違いない。

『無名草子』においては（1）「古きもの」の時代、のあとに（2）『源氏物語』を位置づけ、その後に（3）『寝覚物語』『狭衣物語』『浜松中納言物語』の時代（4）「今の世の物語」と配置する。[2]とくに、（4）「今の世の物語」においては、「古とりかへばや」への批判を踏まえて『今とりかへばや』が登場したことや、現存『あまのかるも』にない場面への言及があることなどから、読者の評価によって物語が改作されていった事実がうかがえる。『無名草子』の物語評価のありようは、当時の読まれ方の一面でしかないかもしれないが、確かに物語制作現場に影響を及ぼし得たこともまた推察されるのである。

さて、そのなかで、『源氏』は絶賛されている。

さてもこの『源氏』作り出でたることこそ、思へど思へど、この世一つならずめづらかにおぼほゆれ。まことに、仏に申し請ひたりける験にやとこそおぼゆれ。それより後の物語は、思へばいとやすかりぬべきものなり。かれを才覚にて作らむに、『源氏』にまさりたらむことを作り出だす人もありなむ。（188頁）

『源氏』作者の非凡な力量を高く評価するとともに、その後の物語が『源氏』を「才覚」にして作れば容易であろうと述べる。ここには、物語が『源氏』に学んで作られるという常識が示されているわけである。したがっていわゆる「源氏取り」に関しても次のように評される。

『狭衣』こそ、『源氏』に次ぎては世覚えはべれ。〈中略〉大将の、帝になられたること、返す返す見苦しくあさましきことなり。〈中略〉源氏の、院になりたるだに、さらでもありぬべきことぞかし。されども、それは正しき皇子にておはする上に、冷泉院の位の御時、我が御身のありさまを聞きあらはして、ところ置きたてまつりたまふにてあれば、さまでの咎にはあるべきにもあらず。〈中略〉これはいま少し奇しくまねびなされたるほどに、いと見苦しきなり。

（220頁・223頁）

光源氏が院になったことも納得し難いが、狭衣が帝になるのはその比にあらず、見苦しいと断じる。言うなれば、「まねぶ」ことそのものは糾弾されないのであって、「まねび損じ」を批判しているわけである。とりわけ「まことしからぬ」—現実世界から逸脱した世界は好まれなかったようである。『無名草子』においては、『源氏』の巻々の論や、ふしぶしの論にも言葉が尽くされ、とりわけ人の死を悼む場面や別れの場面のあはれを好む傾向が窺える。『源氏』以後の物語に『源氏』引用が甚だしいのは自明のことである。現代の感覚からすると、先行作品からのあまりに過度な引用は、ともすると剽窃の誇りをまぬかれないが、物語制作現場においては、『源氏』引用はむしろ好まれたところだったのではないか。『源氏』に描かれた「あはれ」を、手を変え品を変え—すなわち、当事者たる人物を変えつつ、繰り返し描くことは、むしろ読者サービスの一環ではなかったかとすら思われる。

その意識は、物語内の時間意識が、『源氏』から（場合によっては『源氏』以前から）、連続していることからも窺える。

・今始めたることにはあらねど、なほさらでもありぬべきことは、よろづに優れたまひつらん女の御辺りには、まことの御兄人ならざらん男は、むつましう生ほし出でて、もてなさせたまふまじかりけれ。早うは仲澄の侍従、宰相中将などの例どももなくやは。（『狭衣物語』①20p）

・〈出生の秘密を聞いた三の御子の苦悩〉唐には、をさをさ世を治めたる人さへおはすれど、我が国となりては、冷泉院の上なんどよりも他もなし、それも同じ院の御子にこそおはしけれ。（『夢の通ひ路物語』）

今にはじまったことではないが、実の兄でない男が姫君と一緒に育つべきではない、『うつほ』の仲澄だって『源氏』の薫だってそうして道をあやまったではないか。あるいは、我が国では源氏の子である冷泉帝が即位した例があるではないか。……物語世界の住人にとって、光源氏は過去の実在の人物なのである。そのように見てくると、物語を生み出す行為は、まさに『源氏』をどう受け継ぐか、というその営みに他ならなかったと思われる。『源氏』に描かれた人生をどう評価するか、『源氏』の次の時代を生きる者たちがどう生きていったらいいのか、その思索を続けることであった。とすれば、今を生きる人間が歴史に学び、先人の生き方にわが人生の指針を得るかのように、次の時代の物語の主人公たちは、ある面で源氏になろうとし、またある面で源氏にならないように生きるのである。

二、禁忌の恋はどう読まれたか

では、禁忌の恋はどう読まれていたのだろうか。中世王朝物語に多いモチーフは悲恋遁世譚である。貴公子が薄幸の姫君を見出し、二人は結ばれるが、二人の仲を裂く障害があり、女は姿を消す。女は帝に見出され、帝妃として栄達を極めるが、男は後世に願いを託し出家する。あるいは、男君の見初めた女は帝妃だった。もののまぎれに近づき、やがて妃は男の子を懐妊する。秘密に苦しみ男は出家する。物語の展開は異なるものの、重要な悲恋の要素として、「帝妃との恋」がある。

光源氏と藤壺中宮との禁忌の恋が『伊勢物語』の影響下にあることは明らかである。その一方で、藤壺が帝の寵妃であること、藤壺の意思で逢ったわけではないことが対照的な点でもある。冒頭に引いた源氏の

見てもまたあふよまれなる夢の中にやがてまぎるるわが身ともがな

という歌に、藤壺が返した歌は

世がたりに人や伝えんたぐひなくうき身を醒めぬ夢になしても　（①232頁）

であった。源氏がこの夢にまぎれてしまいたいと詠みかけるのをはねつけるかのように、「世語りに人や伝へむ」と密事の露見を恐れ、比類ない憂き身と嘆いているのである。(3)「世語り」にされた例が他にあるとすれば『伊勢物語』で、二条后高子や斎宮恬子を想起し、さらに我が身の辛さはそれ以上と感じたのであろう。藤壺は、絵合巻において、「在五中将の名をばえ朽さじ」と言い、「見るめこそうらふりぬらめ年へにし伊勢をのあまの名をや沈めむ」（②382頁）と詠んで古き名高き『伊勢物語』を支持する。この業平支持の表明は、流離中の源氏支持につながるが、だからこそ我が身を厳しく律したとも言える。この密通事件に関して、たとえば『花鳥余情』が陽成天皇が業平と二条后の子だという俗説を掲げ、二条后に重ねる読みが認められるが、后と業平の場合は他人で、しかも『伊勢物語』においても発端は入内前であり禁忌の質は極めて異なる。「藤壺物語の本質」は後藤祥子氏に指摘された通りである。

源氏はもとより、藤壺の罪障意識も、義母子であり、帝妃であるといった外在的理由以上に、二人の最大の理解者であり庇護者である帝への背信という、もっとも本源的・倫理的な次元に胚胎している。そのことはとりもなおさず、人倫的分別を超える宿世のままならなさを証し立てることになる。(4)

源氏と藤壺との禁忌の恋は、女三の宮の密通事件や浮舟の場合とは大きな違いがあるのである。当事者藤壺を緊縛し続ける禁忌の意識の激しさにおいて他と比ぶべくもない。しかし、当事者以外の意識において、また中世の『源氏』評価においては必ずしもそうではない。『源氏』内部においては、たとえば須磨に下った源氏を、明石母君が

忍び忍び帝の御妻をさへ過ちたまひて、かくも騒がれたまふなる人は　(須磨②210頁)

と言い、朧月夜との密通を「帝妃を過つ」行為と規定する。もちろん、この場合は、読者に藤壺を連想させるようにしむけたものでもあり、あくまで田舎人からの言及にすぎない。また女三の宮との密通を源氏に知られた柏木は

帝の御妻をもとり誤ちて、事の聞こえあらむにかばかりおぼえむことゆゑは、身のいたづらに

ならむ苦しくおぼゆまじ　（若菜下④230頁）

と考え、源氏に「目をそばめ」られることをひどく恐れた。少なくとも、柏木自身の意識において、『源氏』に敵視されることの恐ろしさは「帝妃を過つ」行為に匹敵することであったのである。客観的に見れば、藤壺事件の禁忌の重さとは比較にならないとしても、罪の重さは、罪をかかえる当人の意識において、はかられる。柏木という人間は、とうてい禁忌をかかえきれる人間ではなく、しかし、当人はその罪の重さを十分にかかえたつもりで、死を迎えたのである。

同様に、鎌倉期の『源氏』評価においても、藤壺事件と、柏木と女三の宮との密通を並べて言及したり、後者に禁忌の引き受け方としてのプラス評価を与えるものが多くなっていくように思われる。

『無名草子』では、藤壺事件には触れず、

柏木の右衛門督の失せの程の事どもこそあはれに侍れ。　（209頁）

とあり、また、光源氏に対して、

女三の宮まうけて若やぎ給ふだにつきなきに、右衛門督のこと見あらはして、さばかり怖ぢはばかりまうでぬものを、強ひて召し出でて、とかく言ひまさぐり、果てには睨み殺したまへるほど、むげにけしからぬ御心なりかし。（199頁）

と、柏木に対する非情な仕打ちが非難されている。

もちろん、禁忌そのものについて、すなわち、柏木が女三の宮に恋をし、無茶をしたという点における『無名草子』の批判は厳しい。「さしも命に換ふばかり思ひ入りけむぞもどかしき」「さしも心に染めけむぞ、いと心劣りする」（201頁）と非難している。けれどもそれをどう引き受けるか、という点において、「あくがるらむ魂や行き通ふらむ」（柏木④295頁）と乱れ、「行く方なき空の煙となりぬとも思ふあたりを立ちは離れじ」（④296頁）と絶唱して絶えた柏木をよしとしているのである。

『源氏四八ものたとへの事』においても同様の評価が見える。

いとほしき事、柏木の今はのきはに夕霧にあひて語りいでけむ事
むねつぶるる事、柏木の文を源氏見給ふを見つけたりけん小侍従の心の中
心よはきこと、柏木の右衛門督六条院に参りてゆるされぬ御気色を見てやがて思ひ沈みけんこと

『源氏解』では「わびしき事」を「妃の宮の御住居の程に、源氏わりなくまいり給ひけん」とし、「うれはしき事」を「柏木の右衛門督、女三の宮の御事ゆえ、つくづくと臥し給ひけんほど」とする。「嘆かわしい」意味の「うれはし」のほうが、「興ざめな、やりきれない」意味の「わびし」よりも幾分同情的といえようか。源氏の行為が「わりなく」とされるのも、それが、理解しがたいことであるからで、柏木への同情とは異なる見方をしていることは確かなようである。

当事者柏木が同情されれば、相手である女の評価も男の感情を理解したかどうかにかかってくる。

『源氏人々の心くらべ』の場合。

一、藤壺の源氏の御事と、女三宮の右衛門督の事と、いづれ少し罪許さるるかたありけん。藤壺つゐに御ゆるびなくて、帝の御故に、世背かせ給ひつれど、たちゐにつけての御返しあまりねぢけたる心地す。女三宮の御心の通ふことなくて、右衛門督、燃えん煙と、今はの際に、御返事なくてやみなましにて、くちをしかりなんとおぼゆ。

藤壺と女三の宮とが比較され、いずれも女性の頑なさが批判されている。禁忌の質の違いはもはや問題とされず、男の激しい恋心をどう受け止めるかに焦点があてられているわけである。

ところで、『花鳥余情』に二条后と重ねる読みのあらわれることは先に触れたが、少し前の時代においても、『伊勢源氏十二番女合』には、二番に、二条后宮と薄雲女院とが合わせられている。

二人の恋のなれそめから皇子誕生までを語りつつ、最後には、「此つがひは、いづれもやむごとなき筋ながら、いささかのくまもまじらひ給ふ上、その品々も同じ風情に侍めれば、よき持にておはしましなんかし」と判じられる。典拠やモデル追及に目が向くという注釈態度についてはひとまずおくとしても、類例を並べることは、『源氏』に描かれた禁忌の恋の重さが、しだいにその重さを失っていくことでもある。

『無名草子』が源氏と藤壺の禁忌に深く立ち入らないのは感情移入しにくいことが大きな要因かと思われる。帝妃であり義母であるという立場に加え、あくまで禁欲的な姿勢を貫き出家に至るまで非の打ち所のないように造形された人柄が共感を得にくい人物像となっているのは確かであろう。二人の罪の重さに実感を得て読むことが無理だったとも言える。その結果、柏木と女三の宮のレベルで禁忌を云々することになり、情を解するか否かというような観点での人物評となってしまうのである。また、現実世界における帝や帝妃の地位が、王朝最盛期とは変容していたことも視野に入れねばなるまい。平安時代末から鎌倉時代にかけて、后妃の地位が下落していく代わりに皇女たちが天皇家の聖なる神妻というかたちでクローズアップされていく。そのようななかで、物語における禁忌の恋は人妻との密通とほとんど変わらない罪の重さで描かれていくことになったのであり、禁忌の質を問うよりも、禁忌をどう引き受けるかというその点において、読者が共感できるあり方、涙をさそわれる終わり方がより好まれたのである。

三、男主人公の素質

中世王朝物語の男主人公は一般に、薫的であると言われる。薫的、というのは、容姿端麗、優れた才能を持ちながら、優柔不断で、思うにまかせぬ恋に悩みがちな人物像である。悲恋遁世譚において、男主人公は総じて、禁忌の恋に真っ向から立ち向かうことをせず、うじうじと悩み、出家に救いを求めていく。『無名草子』は、薫を賞賛する。

薫大将、はじめより終はりまで、さらでもと思ふふし一つ見えず、返す返すめでたき人なめり。

『源氏』において、「光隠れたまひにし後、かの御影にたちつぎたまふべき人、そこらの御末々にありがたかりけり」（匂兵部卿⑤17頁）という状況の中で、「げにいとなべてならぬ御ありさまども」として物語に登場したのが、匂宮と薫であった。しかし、物語は、彼が登場するやいなや、「いとまばゆき際にはおはせざるべし」（⑤17頁）と語り、光源氏には及ばないことが最初から示される。自分を親のように頼る出家した母を訪ねる暇を作りたくて「いかで身を分けてしがな」と思いやる優しさを持ち、我が身の出生について「をりをりいぶかしうおぼつかなう」（⑤23頁）悩み「我が身につつがある心地」（⑤24頁）を抱え、ゆえに道心を抱き続ける男君である。

そんな薫をして理想的人物とするもっとも大きな理由は、おそらく「まめ人」であるという属性をつらぬいた点だと考えられる。辛島正雄氏は薫像について「まめ人」としての不変性を指摘された。『源氏』において「まめ人」と呼ばれることがもっとも多いのが薫であり、第三者の目にも、語り手にも、匂宮にも、「まめ人」と捉えられる。自身でも「まめ人」との呼称に「屈じたる名かな」と反発を覚えるものの、「終始一貫、「まめ人の名」を覆すような結果を惹き起こさなかった」のである。(5)

ところで、『無名草子』においては「まめ人」というのは夕霧の代名詞であった。雲居雁は「まめ人の大将の北の方」(196頁)となるが、二人の関係を認めなかった父親は「まめ人をいたく侘びさせたるこそ恨めし」き人物であった。「まめ人の大将、若き人ともなく、あまりにうるはしだちたるはさうざうしけれども、づしやかなる方は大臣にもまさりたまへり」(200頁)。夕霧という呼称は、後世のもので、『源氏』内では、若君、中将、大将と官職で呼ばれたほか、「まめ人」と呼ばれた。それを『無名草子』は採用したのである。

夕霧は確かに、雲居雁に対する純情をつらぬいていた点で「この世に目なれぬまめ人」(真木柱③399頁)と地の文で評され、夕霧巻の冒頭では「まめ人の名を取りてさかしがりたまふ大将」(④395頁)と紹介された。がその視線はひややかで、落葉宮との結婚以後、雲居雁から「まめ人の心変るはなごりなくなむと聞きしはまことなりけり」(夕霧④482頁)と呆れられる。けだし、「まめ人」というのは確かにほめられるべき性質であるが、融通の利かない生真面目さと隣りあわせで、あまり魅力的な人物ではないのである。だから、「まめ人」がその期待にそぐわないような変化を見せることが、「意想外というより、むしろありがちなこととして、いわば「まめ人」の物語に期待される展開であった[6]」のである。

「まめ人」であることは理想的だが、「まめ人」であることは物語の主人公として面白くない。逆にいえば、「まめ人」たる理想的な人物が、「まめ人」に似つかわしくない感情をいだいて戸惑ったり苦しんだり、あるいは「まめ人」にあるまじき行動に及んでしまったりするところに、物語が生まれるのであろう。とすれば、夕霧はまた、「まめ人」として登場したゆえに、「まめ人」らしからぬふるまいに至ることによって物語の次なる主人公となり得るのだ。そしてまた、夕霧が犯さなかった禁忌を犯したのが柏木でもあった。

> 柏木の右衛門督、はじめよりいとよき人なり。岩漏る中将など言はれしほどより、藤の裏葉のうら解けしほどなども、いとをかしかりし人の女三の宮の御事のさしも命にかふばかり思ひ入りけむぞもどかしき。もろともに見たてまつりたまへりしかど、まめ人はいでやと心劣りしてこそ思へりしに、さしも心に染めけむぞ、いと心劣りする。紫の上はつかに見て、野分の朝眺め入りけむまめ人こそ、いといみじけれ。失せのほど、いとあはれにいとほしけれど、そもあまり身のほど思ひ屈じ、人わろげなるぞ、さしもあるべきことかはとぞおぼゆる
>
> （『無名草子』201頁）

柏木が血迷った女三の宮に対して、夕霧はむしろその心用意のなさに興ざめしている。その一方、野分の翌朝、紫の上を垣間見てこころときめく。夕霧は「まめ人」にふさわしく物語に登場し、雲居雁との幼な恋を成就させる反面、落葉宮との恋愛においては「まめ人」に似つかわしくないふるまいに及ぶ。紫の上を見て、源氏の二の舞を演じることなく、その面においては禁忌を繰り返さない「まめ人」らしさを見せ、片や柏木は源氏の禁忌には及ばないレベルで禁忌の幻想に身をほろぼす。[7]『無名草子』が夕霧と柏木とをセットで論じようとするのは、男主人公のあるべき姿とその道をいつふみはずすかわからない危うさを並べるとともに、その危うさの中に、あるべき姿では生じなかったあはれさや読者に涙させる人間の哀しさを見出したのではなかったか。

では、薫が「まめ人」であり続けたにもかかわらず主人公たり得た理由はどこにあるのだろうか。それは薫自身の生き方というよりも、薫が出生にこの上ない負い目を持っていたという点にあると思うのである。表向き源氏の二世として誕生していながら、その実、柏木と女三の宮との間の不義の子であったことである。

物語の主人公たる素質とは、けっして、非の打ち所のないまめさではなく、非の打ち所のなさそうな人物がどのように非の側面を請け負うかというところにあるのではなかろうか。

冒頭に「夢」が男女の逢瀬を意味する場合があると述べたが、いみじくも薫にとっての「夢」はみずからの出生の秘密を明かされた、その出来事をさしている。宇治で亡き柏木の乳母子を名乗る弁から遺言を聞かされた様子は、「あやしく、夢語、巫女やうのものの問はず語りすらんやうにめづらかに思さるれど、」（橋姫⑤147頁）と記される。また、再度対面の機会を得て、柏木臨終の次第を聞かされた薫は、「かく夢のやうにあはれなる昔語をおぼえぬついでに聞きつけつらん、と思すに、涙とどめがたかりけり」（橋姫⑤160頁）。

薫は終始「まめ人」であり、物語で彼の人物像が破綻することはなかった。「夢」のような禁忌の恋に向き合うことはなかったが、「夢」のようなおそろしい出生の秘密を明かされてなお、「まめ人」であり続けたわけである。その意味で、源氏に継ぐ男主人公たる責任をひとまず果たしたのであろうが、次なる男主人公を描く中世王朝物語はそれだけでは納得しなかったのではなかろうか。柏木に対する同情的な評価を思い浮かべるとき、リアルに苦悩する共感できる人物が求められたのではないかと思うのである。

四、『源氏』以後の男主人公

中世王朝物語の男君にも「まめ人」呼称は見える。『八重葎』の主人公が、表向き女性には興味のなさそうな人物で、母親から「有りがたきまめ人」と思われていたり、『恋路ゆかしき大将』の恋路が、女二宮に引き合わされて「れいのことにもあらずもてまぎらはすまめ人がらも」と、何でもなさそうにまぎらわす様が語られていたりする。いずれも夕霧が「まめ人」と呼ばれたイメージそのままに、好色心を持つことのない、堅物の青年といった意味あいである。とはいえ、そう呼ばれるのは、物語の発端で、恋愛物語の主人公としてはそれをいい意味で裏切って物語は展開しはじめる。それは、まめ人であり続けられなかった夕霧や、恋死にした柏木になりかわって、主人公が苦悩を深めているようでもある。

『狭衣物語』の主人公、狭衣はやはり登場したときから厭世的である。とりわけ、源氏の宮に対する思いには過度の禁欲さが認められる。兄妹のように育っているが、実の兄妹ではなく、また彼女の入内が決まっているわけでもない。狭衣とて当代随一の貴公子なのだから、二人の恋愛には何の障害もなさそうである。けれども狭衣の心のうごきは、源氏の宮に対するとき、あたかも禁忌の恋をしているかのごとくである。彼が源氏の宮との恋に踏み切れない背景には、夕霧と雲居雁との恋愛を思い浮かべると納得しやすいのではないだろうか。狭衣が、源氏の宮をただ思慕の対象として奉ってしまったのは、内大臣に恋愛を阻まれ屈辱の七年間を耐え忍んだ夕霧の轍をふまないためであった。さらに、後に斎宮となり本当に手の届かない存在となったとき、彼は「魂あくがるる」思いに苦悩を深め、「見えぬ山路ももろともにやとさへ」（①280頁）思う。それはまた、柏木的でもあった。

『夢の通ひ路物語』の男主人公、一条権大納言もまたまじめな心弱き主人公である。彼は恋愛関係にあった京極三の君が入内してしまったために、悲恋の憂き目を見る。まったく彼に落ち度はないと思われるが、あたかも、禁忌を犯した男でもあるかのように苦悩する。光源氏ににらまれて、「帝妃を過つ」罪を犯したかのごとく死への一途をたどった柏木をなぞるように弱り、「魂のうき身をすてて君があたりまよひ出でなばむすび留め給へかし」と女君に嘆願するのであった。そこには、

『源氏』の著しい模倣が見られる一方で、女君の返事は女三の宮とは異なり、彼の思いを汲んで「もろともにこそ消えもはてなん」という情あるものだったのである。

物語が新たに作り出されるとき、変奏のヴァリエーションが読者の関心をひき、物語にひきこむ動機付けとなる。物語取りはそのようにして繰り返されてきた。禁忌の恋というテーマは、やがてその重さを失い、ひたむきな恋情とその引き受け方に焦点があてられた。すると、現実的に男はどう受け止めどう生きるか、あるいはどう死ぬかという問いになって、新たな物語の登場人物に突きつけられたのである。悲恋遁世のパターンは中世王朝物語の一面でしかない。けれども、そこに描かれた男主人公は、薫ほどの生まれながらの罪を背負わなかったゆえに、夕霧や、柏木の生き方をなぞるように、そしてなぞらないように、模索を繰り返したと言えるのではなかろうか。

おわりに

千年紀は確かに大きな節目で、不思議なほどの源氏ブームであった。思えば、中世王朝物語が次々と生み出されたことも、ある意味では源氏ブームの産物だったのかもしれない。その男主人公にスポットをあててみると、悩み苦しむ人間像が見えてくる。恋をして苦しみ、女と別れて死に至るほど思いつめる。栄華を極める女とは対照的に、出家にひらすら救いを求める。貴族文化の衰退、末法思想の広まりなど、外的要因のみならず、〈悩み苦しむ〉というスタイルを保つことこそが、『源氏』以後の物語世界で生きる術であったのだと思われる。まるで、情報の波にのまれ、右往左往する現代人のようでもある。

注

（1）大槻修「中世王朝物語の世界」『中世王朝物語を学ぶ人のために』（世界思想社1997）

（2）片岡利博「平安時代物語から鎌倉・室町時代物語へ」『中世王朝物語を学ぶ人のために』（世界思想社1997）

（3）川島絹江「藤壺の和歌―『源氏物語』における『伊勢物語』受容の方法―」『国語国文』第61巻第10号　1996

（4）後藤祥子「藤壺宮の造形」『源氏物語作中人物論集』（勉誠社1994）

（5）（6）辛島正雄「「色好み」と「まめ人」と―薫像の定位―」『人物で読む源氏物語』（勉誠出版2006）

（7）今井久代「柏木物語の「女」と男たち―「帝の御妻をも過つ」業平幻想―」『物語〈女と男〉』（有精堂1995）

＊『源氏物語』『狭衣物語』『無名草子』『伊勢物語』の本文は新編日本古典文学全集より引用し巻数、頁数を示した。『源氏解』『源氏四八ものたとへの事』『源氏人々の心くらべ』『伊勢源氏十二番女合』は「国語国文学研究史大成3源氏物語上」（三省堂1969）より引用した。『八重葎』『恋路ゆかしき大将』『夢の通ひ路物語』の本文は基本的に「鎌倉時代物語集成」によるが、適宜仮名遣い等を改めた場合がある。

倉本　昭

江戸時代人が見た『源氏』の女人

――末摘花をめぐって――

はじめに

筆者は近世文学研究の立場から、『源氏』を読んできた。その中で和学者たちが『源氏』の作中人物を褒貶する辞を目にしてきたが、もし、彼らに『源氏』の女人たちの人気投票を行えば、恐らく今の世の読者に対して行った場合とは異なる結果が出そうである(1)。時代によって作中人物の評価は微妙に異なるのだから。これには、『源氏』そのものの各時代による読まれ方の違いが深く関わるわけであるから、興味深い問題となる。しかも、和学者の中には創作に手腕を発揮した者もいて、彼らの作のうちに『源氏』の影響の跡を確認できるならば、当然そこに『源氏』の作中人物の俤をも探れるはずである。ここで、和学者の『源氏』登場人物評が、どのような形で創作に反映しているかという問題も浮上する。

『源氏』享受史に連なる論考をなすべく、まずは、代表的和学者が『源氏』の登場人物をいかに褒貶したかを見ていき、そこにどのような問題が隠れているかを論じていきたい。

一

『源氏物語』に登場する女人たちのうち、誰が読者の心をとらえていたか。それを知ることのできる最も古い例は、当然『紫式部日記』に見える藤原公任の戯言のエピソードである。そこには「左衛門督、「あなかしこ。このわたりに、わかむらさきやさふらふ」とうかがひ給ふ。源氏に似るべき人も見え給はぬに、かのうへはまいていかでものし給はむと、聞きゐたり」とあり、紫上が紫式部在世当時から人気のヒロインであったことがうかがえる。

また孝標女の『更級日記』に「光の源氏の夕顔、宇治の大将の浮舟の女君のやうにこそあらめと思ひける心、まづいとはかなくあさまし」と見え、薄幸の佳人タイプの女人たちも読者に強い印象を残したようである。

これより後、中世の長きにわたる『源氏』研究史を割愛し、一足飛びに江戸時代に下れば、まず契沖が『源註拾遺』に人物評を記しているので、以下に引いてみる。

源氏の薄雲にことありしは父子に付ていはば何の道ぞ。君臣に付ていはば又何の道ぞ。匂兵部卿の浮舟におしたち給へるは朋友に付て何の道ぞ。夕霧薫のふたりは共にまめ人に似たれど、夕霧は落葉宮におしたちて柏木の霊に信なく、かほるの宇治中君の匂兵部卿に迎られての後、度々たはぶれしも罪すくなからず。(2)

契沖はここで、『源氏』の公達の行状における非倫理的な側面をあげつらい、貶めている。彼の筆誅は以後に書かれる『源氏』注釈類に多大な影響を与えることとなり、たとえば、契沖と対面したことのある安藤為章は『紫家七論』で女人に関する評を以下の如く展開している。

紫ノ上の、らうらうじくおほどかなる物から、おもりかにして用意ふかく、明石のうへの、心たかきものからへりくだり、はなちる里の、ものねたみせず、藤壺のきさきの、あやまちをくいて、はやく入道し給ふる、朝顔の院の、ふかく名をしみ給へる、玉かづらのうへの、言よく人々のけさうをのがれ、総角の君の、父宮の遺戒を守たるなど、様々の婦徳を記し…

「其一　才徳兼備」より(3)

これは『源氏』を一種の教戒の書と見る立場からなされたものである。紫式部が作中で婦徳を描き、一方で人倫に反する女人の行状も描いたことで、弁えある読者は諷諌を得られるという。次に非難の弁を掲げよう。

弘徽殿のおしたちかどかどしき所のものし給ひて、帝の御なげきを事にもあらずおぼしけちたるは、后妃の徳いづくにかおはします……又うつせみに、軒端の荻が囲碁の有様、閨中もぬけの衣と、いぎたなきと、教誡あらはなるものなり……又次に夕がほがもてならしたる扇にをかしうかきすさびたる歌は、すきずきしきとがや猶おほかりぬべし。さるは、あまりやはらかにおほどきて、もの深くおもきかたのおくれたるより、はたしてよこさまに身まかりぬ。

「其五　作者本意」より（注3同書四三一頁）

かような為章の見方からでは、孝標女が憧憬した浮舟が非難の対象になるのも当然である。ここには、モラリッシュな視点からは自由でありえた往昔の才女とは、全く異質な読み方がうかがえる。人物を倫理的に批評した契沖すら、『源氏』全体を読むにあたっては、教戒性にとらわれず「詞華言葉」を玩べばよいとしているから、為章は契沖より徹底した『源氏』教戒書説に立つわけである。こうした考えは、豊穣なる世界を持つ文学を一面的に解釈する弊を伴う。それを現代の読者・研究者の立場から一蹴するのは簡単であるが、こうした読み方が作中人物評に反映した結果、現在からは意外にさえ思える『源氏』女人観が出来ていったことに注目してみたいのである。

石川雅望が『源注余滴』の中で、契沖『源註拾遺』と並び称揚した『源氏物語新釈』において、著者・賀茂真淵は、為章の人物評を踏襲した。以下、為章評と重なる部分を除いて、真淵の人物評を掲げる。

空蟬の強て貞節をなし、末摘花のすさめられぬものから心永く忍び過して待えたる。是らみな婦徳をあらはして、はやく品定にすきたはめるをしりぞけ、まめなるをあげて、その外よきかとすればあしき事あるをあげ、その害をあらはしたるは、古へ人をいふやうにおもへど、実は式部が心をしるしたる也　「惣考　○用意」より（続群書類従完成会版全集一一九頁）

末摘花への積極的評価は、これまで紹介した評中にあって異彩を放つものである。季吟『湖月抄』の「源氏物語系図」《蓬生女君》の注記には「鼻見ぐるしく心ふるめかしき人也」とあって、これが江戸時代において、ごく一般的な末摘花のイメージであったろう。同じく『湖月抄』に引かれた「表白」には「空蟬のむなしき世をいとひて、夕顔の露の命を観じ、わか紫の雲のむかへをえて、すゑ摘花のうてなに座せしめん」とあって、末摘花の名が紫上や空蟬らと並んで挙げられる。光源氏に引き取られた末摘花が生活の安定を得、末には仏果も得るという風に読めるが、ここは、『源氏』が法華経や天台六十巻に擬した教戒書であるという、中世よりの考えにもとづく文飾にすぎないから、彼女への直接的賛美とまではいえない。とすれば、やはり真淵の末摘花評価は、当時にあっても異質で、強く印象に残ったであろう。

真淵『新釈』よりのち、懐徳堂で教授を務めた五井蘭洲は、『源語提要』「源氏ものがたりをよむ凡例」において、儒者らしい勧懲説を展開した。為章が「事を好色によせて、美刺を詞にあらはさず、見る人をして善悪を定めしむ」と、勧懲はあくまで読者の読み方次第との考えを述べたのと同様、蘭洲も、「作者のこころはただありのままにかきて、褒貶はよむ人の心にあるべし」と断ってはいる。しかし彼は、これと矛盾するかのように「男女ともに、淫風をいましめたり」と紫式部のこめた勧懲の主意を強調している。以下に、その勧懲の主意を具体的に述べた女人批判の文章を掲げよう。

又尤も婦人の淫風をいましめたり。およそ人の妻妾として、二心ありて、源氏にこころを通じたる婦人は、皆尼になしたり。これは筆誅のこころなり。その尼になりたるを見て、実に源じに心よせたるをしるべし。藤つぼ・おぼろ・みやす所・うつせみなどなり。甚だにくむべきは、ゆふ顔なり。頭中将のおもひ人にて、むすめもあるに、北の方のねたみをおそるるまでに、かくれゐしを、中将のそれをしらずして、前わたりせられたるを、見過して、源じにけそうせるなり。これをにくみて、物にけとられて死にうせさせたり。(4)

為章・真淵が賞賛していた空蟬まで非難の槍玉にあげる蘭洲だから、淫風の誇りとは無縁のはずの末摘花なら賞賛したことだろう。ただ彼の筆は非難のみに割かれ、女鑑の例を挙げるには及んでいない。

これまで見てきた和学者達の『源氏』女人評は、勧懲・教戒の立場からする一面的なものにすぎない。いささか教条主義的で、登場人物への浅薄なアプローチしか図れていない中、同じような批評眼から真淵が末摘花を賞賛した事実が、興味を引く程度である。

叙上の説からは、実りある『源氏』解釈が出てきそうにないけれども、これらとは一線を画するごとく、一部の和学者が『源氏』の影響下に創作を行った結果、王朝文学に描かれた女人たちは新たなイメージをもって、近世文学の中に再生した。そんな女人の典型に件の末摘花が認められる。そこで和学者の創作作品に見てとれる末摘花のイメージに焦点をしぼり、彼女がいかなるイメージで再生したかを、具体的に見ていくことにしよう。

二

上田秋成『雨月物語』の「浅茅が宿」において、主人公・勝四郎が戦乱を乗り越え故郷に戻り、荒廃した我が家に帰り着いて、貞妻・宮木と再会する場面では、光源氏が都還りののち末摘花の屋を訪ねる場面（「蓬生」巻から）が踏まえられている。(5) そこで重友毅は、末摘花―光源氏、宮木―勝四郎の二組について、それぞれ再会までの経緯や人物造形を比較分析、「蓬生」と「浅茅が宿」に「結構の類似を見出し、さらにそれによってあらわされた人物の心情・態度の近似」を指摘し、「勝四郎に源氏の、宮木に末摘花の、俤を看て取」った。(6)

重友が指摘した重要なポイントは、「蓬生」に見える藤の咲きかかった「おほきなる松」と、「浅茅が宿」に点景として描かれる「雷にくだかれし松」との関係性であった。両者の松の相違につい

て、

それはおのずからにして二人の女性の――一人ははかない中にも生き長らえ、一人はすでに死んでこの世の人ではない――立場の相違に基づくものでなければならない。ただその中にあっても、「松」が二人の女性の、ともに夫を信じて心を動かさない節操の象徴であることにおいては、異なるところはない。（注6同書一二〇頁）

と説くのに注意したい。この説の延長線上にあるのが次の長嶋弘明の説である。

また、勝四郎の家の目印の松とは、源氏が「見し心地する木立かな」（見覚えのある木立かな）と見上げた、月明かりの中に藤の咲きかかった松の転用である。さらに源氏が末摘花に詠んだ歌にも、「藤波のうち過ぎがたく見えつるは松こそ宿のしるしなりけれ」（松に咲きかかった藤の花が見過ごしがたく見えたのは、松があなたの屋敷のしるしであったからだ）とある。「松」はもちろん「待つ」の掛詞である。「浅茅が宿」の松は、『源氏物語』に描かれた松を下敷にしながら、同じではない。それは雷に折りくだかれた松である。ただ凄惨な印象を与えるという以上に、それは「松」――宮木が勝四郎を「待つ」という行為が、無残にも恐ろしい力で断たれたことを、端的に物語っている。宮木がもはやこの世の人ではないというメッセージで

ある。(7)

「待つ女」のイメージに共通性を見出す両説は充分首肯できるが、検討されていないのは、秋成が宮木に末摘花のイメージを重ねることで生じる矛盾についてである。宮木は「人の目とむるばかりの容」「かたちの愛たき」と形容される人物であるのに、そこに醜女の典型たる末摘花のイメージを重ねては、ちぐはぐになって、美麗な印象を損ねかねないのではないか。

ところが宮木にイメージが重ねられているヒロインは末摘花だけではない。中国の小説「愛卿伝」(『剪灯新話』中の一話)に描かれる烈女・羅愛愛や、万葉に歌われる悲劇のヒロイン・真間の手児女などの薄幸の美女のイメージも重ねられている。(8) また勝四郎との再会場面に、「蓬生」の行文が踏まえられていることに気づいた読み巧者が、宮木と末摘花のイメージが重なることに違和感を覚えても、物語の末尾で、宮木ははっきりと手児女に喩えられ、美しいイメージが損なわれずに終わる。

しかし違和感が生じることそのものは、いかんともしがたい。それを承知の上で「蓬生」を踏まえたのは、野べの茅屋の、荒涼たる、凄愴たる描写を使いたかったこと──「浅茅が宿」の題のヒントとなる「浅茅が原」の文字すら、そこに発見される──もあろうが、「待つ女」としての「宮木─末摘花」の共通性に着目した上で、両者の対照的なイメージをだぶらせることに、趣向としての面白さを感じたからではなかったか。美女と醜女のイメージの衝突こそが皮肉なおかしみを潜ませた趣向であって、手児女・愛卿らの麗人とだぶる宮木の多重イメージの中に、唯一醜女のイメージが含まれてくる、しかも、美媛の印象が崩れないぎりぎりの線で。そこに作者の手柄が認められるのではないか。

しかし秋成がイメージしていた末摘花は、現代の一般読者が抱くような笑いの対象としての醜女像とは、少々ずれがあったであろう。彼が真淵の『新釈』惣考を読んでいたならばなおさらであるが[9]、それを参照しなくとも、『源氏』の登場人物を倫理面から批評する契沖・為章の著を見ていた秋成なら、末摘花の貞女的側面に思い至らぬことはあるまい。

また、秋成は『ぬばたまの巻』において連歌師・宗椿の口を借り、古代人の「おのづからなるやまと魂」のおおらかさ、彼らが詠む「やまと歌」の素朴な直情性、雄勁さを礼賛した。また紫式部の頃には「国栄え、人の心花にのみうつりゆきては、事はたくみに、詞はあやに、かれにまつはされ、是にねぢけつつ、あふさきるさに事立て、書は憤りより書もする」ようになったと言わせている[10]。「宮木―末摘花」のダブルイメージが最終的に真間の手児女―やまと魂をもった典型的古代人―のイメージに収斂されていくのは、秋成が究極の理想とする古代のたをやめへと、宮木のイメージを高めるためであった。現代では末摘花の古代性という問題が論者たちによって考究されているが[11]、秋成は現代の学者とは違って随分素朴な発想ながら、末摘花の古めかしさ、かたくなさ、未洗練、鄙びをプラスに評価し、そこに古代のたをやめの美徳の残滓を見出していたのかもしれない。そう考えれば、宮木―末摘花から宮木―手児女へのイメージの展開に一筋の道が生じるであろう。

三

秋成と同時代人であった伊勢の和学者・荒木田麗女も、末摘花をモデルにして物語を書いている。安永七年に成立した『怪世談』の第三十話「天の河」である。梗概を示そう。

優れた才覚を持ち朝廷の信も厚い式部少輔は独身であった。文章博士を父に持つ友人・和泉守の妹も学才豊かであると聞いた式部少輔は、妹君に関心をもった。

歌をとりかわした両者の関係を父の博士は許し、式部は女のもとに通ってくる。いよいよ所顕しも済んで、式部は女と隔てなく対面することになるが、女の容貌は期待に反して、かの末摘花ではないけれど、全く長所とてないものであった。女が薄暗いところに居て、顔をはっきりと見せなかった理由がわかり、落胆した式部は、女を訪わず、文すら交わさなくなる。

博士も和泉守も女の身の上の哀れを思い嘆く。家族の苦衷を思う女は一層心を痛める。

七夕の夜、治部大輔は友人である式部・和泉守を誘い、守の実家にやってきた。博士は婿の訪れに憤懣やるかたないが、そこをおさえて饗応を始める。女は三人の訪れを仕えの女房たちに聞き、夫が今宵かならず泊ることを確信して、身の回りを整え、待つ。

夜に暑さもやわらぎ、月が美しく出たので、男たちは端近く立ちいでて、酒をくみかわし、詩才の披露をしあってくつろぐ。博士は婿に娘のことを思いやれと示唆する詩句を投げかけるが、式部は左に聞き流す。そこで、はっきりと言葉に出して遺憾の意をあらわにするが、式部はいづらさに堪えながら抗弁もしない。

治部が暇を告げると、式部はそのまま妻の元に赴いたので、博士も和泉守も安心して休んだ。式部は小恥ずかしく、やましい気持ちもあり、生酔いを装って妻を訪う。妻は恨み顔するでもなく、しとやかに待ち構えていたので、「すぐれぬ容貌を思い知って、かくも謙虚に迎えるのだ」と式部は傲慢な態度を取る。彼はそれでも、少しはましに見えるだろうかと、あらためて妻を見るが、かわりばえせぬ容姿に落胆を新たにし、急に帰ろうとする。

妻はここを逃せば永遠に夫を失うとばかり、夫の衣の裾をとらえ、歌を詠みかけて、その不実をなじる。これに我慢ならじと、夫は「自分は代々博士の家柄に生まれた者であるから、その妻たるもの、婦人の四徳―貞順・辞令・婉娩・糸麻―がそろっていなければなるまい。お前にはそれがあるのか」と怒る。妻は負けじと「自分に欠けているのは婉娩すなわち容貌だけです。ではあなたは博士だと自負しながら、博士たるものが守るべき百行に全て適っていらっしゃるのですか」と抗弁する。いかにもと答えた夫であったが、妻は「いいえ、百行は徳をもって第一とします。あなたは容色を好んで女の婦徳を好んでいらっしゃいません」と軽蔑的にあしらった。これに全く論駁できなかった式部は、自分の非を悟り、女の才に感嘆して、彼女と仲むつまじく語らうようになった。

二人は幸せに暮らし、のちに二人の子どもも儲けたのであった。

本話は『世説新語』（『世説新語補』にもあり）賢媛編の許允の妻の話を翻案したものである。内容は「天の河」と変わりないので、梗概を示すまでもあるまい。許允妻の話が末摘花の造形に影響を与えたことは、田中隆昭によって指摘されているが[12]、早くも麗女が二つの話をつなげていたのであった。

末摘花と許允妻とで、容色に劣る点は共通するが、両者の性格づけは異なる。許允妻は古めかしさ、かたくなさを持たず、能弁で機知に富み、おのれを棚に上げた男の強弁に見事反論する。末摘花とは対照的である。麗女は文中で式部少輔の妹君を「いにしへ末摘花とか、めづらかなりしたぐひにはあらねど[13]」と明確に末摘花に喩えているが、読者は妹君の性格や才知に末摘花とは異なる面を発見し、そのギャップを楽しめる。その点、秋成が宮木に末摘花を重ねた結果、美女と醜女のイメージのギャップが生じたのとは異なるのである。また秋成とは異なり、麗女は文章に「末摘花」「蓬生」の文を積極的には活用しなかったので[14]、一層末摘花とのギャップが際立つこととなった。

しかし「待つ女」の美徳を末摘花に見出し、そのモティーフを、彼女にイメージがだぶる作中人物に付与したのは、麗女も秋成と同様であった。

許允妻は『世説』を読む限り、「待つ女」の印象が薄い。『世説』に待つことを示す表現がないからである。その点、「天の河」の博士の娘には、待つことを示す表現が印象的に使われている。「鶯の声まち出んよしもなし伏見の花は色あさくして」の歌、「しつらひつややかにて待きこえたり」

「今夜はと待居つる気はひなり」「御達なども今はおはすまじきにやと、まつにたびたび過ぬるを、すさまじう嘆きあへり」といった具合である。麗女は、しかし、末摘花を「待つ女」として描く「蓬生」にもたれかかることなく（許允妻の話に浅茅が原の茅屋のうらぶれたイメージは合わないから）、妻の逆襲と夫の改心を描くクライマックスを七夕に設定することで、筋は『世説』に準拠しながら「待つ女」のモティーフを明確にし、かれがれになった男女の再会と睦びを印象深く描いたのである。ここで、棚機つ女ならぬ醜女が七夕に男の愛を得る筋に皮肉な笑いをこめる意図は薄い。「待つ女」のモティーフは、どちらかといえば、「待つ女」として貞女とみられた末摘花を意識したところからもたらされたものである。

麗女の末摘花観の由来はいずこか。彼女が真淵『新釈』に導かれて末摘花を賢女と見たとするよりも、むしろ、『世説』の賢き醜女に対し、醜女のつながりで末摘花を想起することで、末摘花の貞女性に気がついたか、もしくは、『源氏』教戒書説をとって、自ずと末摘花を貞女と見たのだと考える。いずれにせよ、貞女の鑑に末摘花を重ねるのは、秋成よりもはっきりと教戒的立場をもって、『源氏』の女人をとらえる態度ではあった。

江戸時代中期に和学者の間では末摘花の評価が変化しつつあったのか。宣長の『玉の小櫛』には「あしきとは、かならずしも、よのつねの儒仏の書などにいふ、悪行をいへるにはあらず。此事は、おくにくはしくいへり。下心、末摘花ノ君・近江ノ君などのたぐひ、これにあたれり…さるは人のうへのあしき事をいひたてて、そしらむの心ならねど、ただよまむ人の興に、をりをりは、あしき事のめづらかなるさまどもをも、書キたりと也」[15]とあり、同時代の学者である秋成・麗女とは一線を画している。後の二者は末摘花に耐忍と貞節の美徳を見出すわけであるが、そんな読みの前提となるのが、物語に教戒性を求める倫理的な見方とみなされる以上、前近代的な『源氏』解釈の枠組に二人はとらわれていたことになる。しかし、末摘花貞女説は、彼女を「をこ物語」のヒロイン、すなわち哄笑の対象にとどまる地位から、一歩抜け出させたのであり、戦後の末摘花論につながる、という風に評価できなくもない。

秋成と麗女は、そのような末摘花像を反映させたヒロインを作中に描いた。在五中将や光源氏を主人公のイメージに重ねる手法は、近世において珍しいものではない。ただ、秋成らの場合、そういった手法による創作が、結果的に、王朝物語の人物像に新たな光を照射するヒントをはらませていた。秋成が末摘花に「古代性」を見出したかどうかは推論の域を出ないが、「待つ女」の形象化に「蓬生」を利用し、完成度の高い文学表現を実現したとともに、をこ物語のアンチ・ヒロインとは異なる末摘花像を、近世小説のヒロインの中に息づかせたことは、確かである。また末摘花と漢籍に見える賢女とを重ねた麗女の手法に、比較文学的発想を認めることは許されるだろう。ところが、このような発想は、擬古物語・近世小説の創作の過程で結果的にもたらされたにすぎず、当然、和学者たちの末摘花解釈にインパクトを与えることはなかった[16]。

以上、本稿では末摘花に焦点をしぼったが、夕顔・紫上ら他の女人たちについても、近世文芸との関わりを考究していけば、様々な論点が指摘できるであろう。後考を俟ちたい。

注

（1）本稿執筆中に発行された「ｔｈｅ寂聴」第二号（平成二一年　角川学芸出版）において、瀬戸内寂聴は田辺聖子・伊藤比呂美との各対談で『源氏物語』に登場する女人の誰を好むかについて語っている。『源氏』に造詣の深い現代の小説家にとっても、女人への個人的評価はすこぶる重要な関心事となっているのである。
（2）岩波書店版『契沖全集』第九巻二二八頁。なお引用では読者の便宜を図って、筆者が適宜濁点を振るなど表記に手を加えたことを注記する。以下の引用も全て同様。
（3）岩波書店『日本思想大系39　近世神道論　前期国学』四二四頁
（4）吉永　登「五井蘭州著源氏物語提要の凡例」（「文学論集」昭和三〇年三月号）
（5）このことは古く後藤丹治「雨月物語に及ぼせる源氏物語の影響」（初出「国語国文」昭和九年一二月。有精堂の日本文学研究資料叢書「秋成」に採録）で指摘された。
（6）「『雨月物語』の知識的性格」初出昭和一三年一月。『重友毅著作集』第四巻『秋成研究』（昭和四六年　文理書院刊）所収
（7）ちくま学芸文庫『雨月物語の世界』（平成一〇年　筑摩書房刊）一五四頁
（8）ほかに『今昔物語集』巻二十七「人妻死後会旧夫語」の「年モ若ク形チ有様モ宜」しき女、『伽婢子』「藤井清六遊女宮城野を娶る事」の「眉目かたちうつくしく」「府中の旅屋にかくれな

き遊女」が宮木のモデルとして指摘されている。

(9)『新釈』は村田春海、加藤宇万伎、藤原菅根、岡本保孝、清水濱臣、石川雅望らの参照したことがわかっている。しかし本居宣長が『源氏物語玉の小櫛』を著したときは「惣考」の部分しか入手できなかった。秋成の場合、『雨月物語』執筆時までに「惣考」を検したことは考えにくい。彼は和学の師・宇万伎の『雨夜物語たみこと葉』に序を寄せて刊行していて、宇万伎は、この書を著すのに『新釈』を参照しているから、秋成は師から『新釈』惣考を入手できたであろう。更に秋成のプロフィールを見ると、真淵の『伊勢物語古意』『古今和歌集打聴』を校訂し刊本にしているし、真淵の『県居の歌集』も編んでいるから、『新釈』惣考を未見のままでいたか疑わしいくらいである。しかし見たとしても『雨月』より後のことであった。秋成が連歌師・宗椿の口を借りて『源氏』を語った『ぬばたまの巻』が『雨月』より後の作品であり、しかもその執筆に『新釈』を利用した証を積極的に見出すことができないからである。更にいうならば、そもそも、真淵の末摘花賞賛の辞にいくらインパクトがあったとしても、その一節だけで秋成が彼女のイメージを決定づけられたとは考えにくい。重要なのは、モラリッシュな視点から女人を評する姿勢である。その姿勢において真淵は為章と全く共通する。為章は、貞潔や耐忍、謙譲、悟道によって女人に高評価を与えていて、これと同じ立場に立つ真淵が、末摘花を貞女として礼賛するに至るのは、自然ななりゆきである。秋成は契沖『拾遺』・為章『七論』は読み得たから、そのモラリッシュな人物評の視点を身につけて、末摘花貞女説を導くことができたはずである。

(10)中央公論社版『上田秋成全集』第五巻　六六―六七、七六―七七頁など

(11) 室伏信助監修・上原作和編集『人物で読む源氏物語⑨　末摘花』(平成一七年　勉誠出版刊)の三〇五―三〇六頁に研究史がまとめられている。
(12) 「滑稽譚から賢女伝へ―末摘花の物語―」「解釈と鑑賞別冊　人物造形からみた『源氏物語』」平成一〇年五月　至文堂
(13) テキストは伊豆野タツ編『荒木田麗女物語集成』(昭和五七年　桜楓社)
(14) 「みあらはさんの御心もことになくてすぎゆくを、うちかへしみまさりするやうもありかし、手さぐりのたどたどしきに、あやしう心えぬこともあるにや」(「末摘花」)から「小暗うなしつるもいぶせく、手探りなども怪しう」の文章を、「おひなほりをみいでたらんときとおぼされて、かうしひきあげ給へり……揺かの末つむはな、いとにほひやかにさしいでたり」(「末摘花」)から「生きなほりもやと見れど、ありしにかはらぬ様なれば」の文章を書いた程度。また末摘花は冬のイメージが濃いが、「天の河」の季節設定は主に秋。なお「末摘花」は『湖月抄』本文より。
(15) 筑摩書房版『本居宣長全集』第四巻　一九二頁
(16) 西鶴の『武家義理物語』巻一「瘢子はむかしの面影」では、明智光秀の妻が醜貌ながら賢女として描かれる。これは許允妻や「天の河」にも通じるタイプの話である。和学者の『源氏』教戒書説のみならず、こうした文芸上の先行例も、秋成や麗女の末摘花解釈や創作上の趣向に影響を与えたはずである。

『源氏物語』雑感―あとがきに代えて―

佐藤泰正

昨年来〈源氏物語千年紀〉と言ってさわがれているが、千年前に完成していたわけではない。周知のように『紫式部日記』に「このわたりに若紫やさぶらふ」と、御簾の影から女房たちに呼びかけた藤原公任の声がする。時は寛弘五年一一月一日のこと。紫式部が仕えていた中宮彰子が皇子を産み、その五十日《いか》の祝いの日のことであり、寛弘五年といえば一〇〇八年。ここから数えればまさに千年紀ともなる。しかし『源氏物語』が完成していたわけではない。せいぜい「藤裏葉」ぐらいまでかと推察されているが、これもさだかではない。

いずれにせよ、公任が若紫を呼んだのはたしかだが、〈我が紫〉と呼びかけたなどという説もある。あえてこれをもじれば〈我が紫〉と呼びかけさせる何ものかが、今も我々読者のなかに生き続けているのではないか。大学を出て最初に勤めた旧制の女学校で、先輩の女性ふたりの教師と共に、源氏の読書会をしばらく続けたものだが、今もって私のなかに生き続けているのは、最後の「宇治十帖」であり、終末の「夢浮橋」の章である。二人の男のはざまにあっての苦悩の末、入水をはかるが失敗し、尼となって出家したその後も最後まで心の葛藤は続く。物語はここらで終ったのかというと疑問もあるようだが、男たちとの恋情を断ち切って生きる浮舟の姿は、物語の完結の是非を超えて、我々の心の中に生きる。これは私の心の中にある宗教的傾情ともいうべきもののせいかも知れぬが、これは各人各様の読みというほかはあるまい。しかし男女の愛情、俗情の数々を書き続けた果てに行きついた究極の一点ともいうべきものもまた、このあたりにあったと言っても過言ではあるまい。

さて、このたびの源氏特集はこの講座では二度目のことで、最初は『「源氏物語」を読む』と題し、第二十五集として一九八九年に出しているが、この『源氏物語の愉しみ』と題した第五十七集が、ちょうど二十年目となる。前回の執筆者であった、今は亡き今井源衛、森田兼吉両氏の名前の無いことは、なんとも淋しいことだが、しかし今回はまた想を改め、秋山虔氏の論を巻頭に、目加田さくを、伊原昭、田坂憲二、武原弘氏など錚錚たる方々をゲストとして迎え、学内からは関一雄、倉本昭、安道百合子などの諸氏の意欲ある論攷も加わり、この多彩にして充実した一巻を編むことのできたことは、望外の喜びというほかはない。

秋山さんは専門こそ違え、多年心より私淑して来た碩学のひとりであり、秋山・今井両氏の連名で戴いた、あの頭注、本文、口語訳と三段に組まれた、小学館、日本古典文学全集の『源氏物語』五巻は、私などにとってはまことに恰好の勉学書であった。秋山さんには学会での講演のほか、再度御来学戴き、二日目の福岡での公開講座の会場は満席で、補助椅子もぎりぎりという盛況であった。二日間くり返し語られたことのひとつに、源氏には二度の受難があったという指摘があった。

ひとつは周知の通り、戦時中の源氏の歌舞伎公演が時局にふさわしくないとして差し止められたことであり、いまひとつは今日、源氏の口語訳がもてはやされているが、『源氏物語』の真の魅力は原文でなければ読みとれるものではないということであった。今回寄せられた論のかなめも副題通り、まずは原文で読むべしということであり、私たちの訳したもので面白いと思ったら、最後は原文で読むといいという瀬戸内寂聴の言葉への共感をもって閉じられている所にも、その主意の何たるかは明らかであろう。

ここで思い出されるのは下関在住の作家、田中慎弥氏の語る所である（「新潮」平20・10）。すでに三島賞、川端賞の同時受賞をはじめ、芥川賞の候補にもいくたびかなった中堅作家のひとりだが、彼は源氏は原文で二度、口語訳では与謝野晶子訳、谷崎潤一郎訳、瀬戸内寂聴訳など、併せれば五回読んだことになる。それぞれに特色もあり、味もあるが、やはり原文が一番いい。たとえば、「深い御愛寵を得ている人があった」より、「誰よりも時めいている方がありました」より、さらには「帝に誰よりも愛されて、はなばなしく、優遇されていらっしゃる更衣がありました」より、「すぐれて時めきたまふなり」の簡潔な原文のひびきに、理屈なく魅かれるのだという。源氏を原文で読み通したものの率直な感想であり、付け加えるべきものは何もあるまい。

続く目加田氏の論は倍近い枚数をちぢめて掲載したものだが、すでに目加田氏特有の圧倒的な力は伝わって来よう。源氏の主題は何かと問えば、「それは、『人間の生 leben・生命・生涯・運命とは何か』という問題である」という冒頭の言葉に、すべては集約されていよう。父藤原為時の指導の下、司馬遷の『史記』の精神を学びとった所から生まれる広大な構想を基盤とし、これに仏教の因果応報思想の影響なども加え、物語は三代姦通事件を軸として展開し、人間の生とはかくのごときものとあざやかに提示してみせたのが『源氏物語』だという。氏の情熱はさらに『世界小説史論・上巻』の年内刊行に向けられ、このなかでも『源氏物語』論はさらに詳述されてゆくという。目加田氏の梅光在任時の熱気を帯びた先生の授業に立ち向かう学生たちの姿が、いま彷彿とよみがえるかと思われる。

続く伊原氏もまた目加田氏に劣らぬ情熱の持ち主であり、古代、万葉から江戸後期に至るまでの文学作品にあらわれた色の表現を徹底的に分析され、五十年以上もかけて作られた、カードの数は十五万枚にも及ぶという。その業績は『日本文学色彩用語集成』(笠間書院)全五巻に収められており、第一回ビューティサイエンス学会賞なども受けられている。この研究を達成するには、あと五十年位は生きねばならないだろうと言ったら、百五十位までは生きるんだと言ったように、雑誌記者に書かれましたと笑いながら言われた、その電話の声は、今も変らぬ若々しいひびきがあった。数ある作品の中でも『源氏』にかけられる想いは深く、後半ふれられている光源氏のまとう衣服のその色の変化にも、おのずからな人物内面の心の影が映し出されていることへの言及など、その考察の一端は読みとれよう。ただ「『源氏物語』と色—その一端—」という副題通り、紙面の制限もあり、その全容にふれることの出来ぬのは残念だが、興味ある方は是非原著を手にとって見られるとよかろう。余事ながら目加田、伊原両氏と私は同年だが、生まれた月はいちばん遅く末弟ともいうべき所だが、これが女ならまさに三人姉妹という所だとは、私はよく冗談まじりに言ってみたりする。要はこの両氏の旺盛な意欲と元気さに、あやかりたいという念いのあらわれと言ってよかろう。

さて、いささか駄弁を弄してしまったが、「あとがき」で、これ以上の展開は許されまい。以下は簡単な紹介に終るが、田坂憲二氏は再度の登場であり、桐壺院の年齢の推定をめぐる考察は、前回同様鋭い考証と読みを通して極めて説得的な論となっている。また一貫して源氏研究を続けて来られた武原弘氏の考察は、いつもながら正攻法のまっとうな読みを通じて、紫の上の生死をめぐって贖罪論という視点をもふまえつつ、自身の独自の論をつらぬかれたものとして感銘深いものがある。また関氏の論は専門の国語学の立場から『源氏』の表現技法を論じたものだが、用語選択と避選択・敬語の使用と避使用という副題通り、『源氏』の文体表現の特性を考察したもので、特に後半の『源氏物語絵巻詞書』との対比への着目などは、論者独自の鋭い考察に眼をひらかれるものがある。

また安道氏の論は『源氏』における禁忌の恋が、さらにはその男性像（ここでは薫がその中心となる）が、以後の物語における男性主人公の像にどのような影響を与えたかを、論者特有の犀利な読みと分析を通して展開され、興味深いものがある。最後に倉本氏の論は題名通り江戸の和学者たちの見た『源氏』の女人像を論じたものだが、論者特有の広い考察と鋭い指摘は随所に見られ、「末摘花」をめぐる秋成や荒木田麗女などの解釈の部分などは実に興味深いものがあり、この論集の悼尾を飾るにふさわしい一篇ということが出来よう。

さて、ひと通り各論の中味にふれては来たが、『源氏』の研究をめぐる問題は多く残る。昨年五月、『『源氏物語』危機の彼方に」という特集が「国文学解釈と鑑賞」であった。『源氏』研究の新たな可能性を問う特集であったと言ってよいが、その巻頭の一文（「特集「源氏物語―危機の彼方に」にむけて」、小林正明）に、まず挙げられていたのが、今は亡き三谷邦明氏の最後の著作『源氏物語の方法―〈もののまぎれ〉の極北』（平19・4、翰林書房）であった。以下、三谷氏の論の紹介に併せて私の若干の感想を述べてみたい。

その「はしがき」と「あとがき」の冒頭の一節に〈絶望〉という言葉を三谷氏はくり返し使っている。「はしがき」冒頭「源氏物語が、全篇を通じて深層に奏でているのは、絶望と虚無の旋律である」と言い、「読みの快楽の果て」にあらわれて来るのは、この「絶望と虚無という感情と思惟」であり、その深層の絶望や虚無をつらぬく物語の軸は、『源氏』が「密通の文学」であり、その一貫した主題が〈もののまぎれ〉（密通）であり、これは「藤壷事件・女三宮事件・浮舟事件として三部に渡って何度も反復されれ」ており、「この主題は、反復の脅迫観念としてこの作品に憑依し、源氏物語を終焉に追い詰めている」という。ここで三部構成となる論の最後が「第三部浮舟事件―閉塞された死」を以て閉じられていることは興味深い。しかもその各章（一-三）の題は「閉塞された死という終焉とその彼方」と題し、さらに副題としてはいずれも「浮舟物語を読むあるいは〈もののまぎれ〉論における彼方を超えた絶望」とある。

この『源氏物語』の終末に登場する中心人物浮舟が「閉塞された死の彼方、つまり、入水しながら蘇生した後に、どのように彼方を措定したかという問題を極めることが、源氏物語の文学的位相を決定するのではないか」と三谷氏はいう。さらに言えば「私の認識である『文学は〈叛く力〉だ』という信念の思い通りに、浮舟は、女人往生などの救済を一切拒否して、異郷を現世の中に見出し、他者をありのままに承認しながら、挫折するのを知りながら、〈鬼の共同体〉として実現化しようとしていた。この現世にある異郷としての負の共同体を、一瞬ではあるが読者に垣間見させたテクストは、世界の文学の到達点の一つだ」ともいうべく、「源氏物語は〈書くこと〉を通じて、文学の極北にまで至っていたのである」という。

あえて長々と引用したのは、この「あとがき」の結論的部分に、私自身の〈文学と宗教〉をめぐる課題に問いかけて来る、大きな問題を含んでいるためでもある。三谷氏の論に対しては、常に賛否両論に大きく分れることも繰り返されて来たが、三谷氏の論は今日のような社会的、精神的閉塞状況の続く状況の中にあっては、やはり重要な意味を持っているのではないか。「絶望、本書はこの言葉から始まった」が、外的状況もそれとして、やはり内的には現在の源氏物語の批評と研究に「苛立っていたから」(「あとがき」)だという。ことは推論の是非ならぬ、研究主体、批評主体のあるべき根源の姿勢、認識の問題であり、想い出されるのは藤井貞和氏の「バリケードの中の源氏物語」であり、早速とり出して読み返してみたが、藤井氏の問う所もまた、〈学問のありかた〉についての反省などというなまやさしいものではなく、「〈学問のありかた〉の方法論的変革」こそ、東大闘争のなかで、「ラディカルに考えつづけた」問題ではなかったかという。

こうして今我々は「一人の人間になりきって作品と直面する場所まで自分を追いつめてよいのではないか」。「長い闘争のなかで私の眼に源氏物語が、散文の世界であるよりもむしろ、原初的なエネルギーこもる詩的世界に近づいて見えてきたことは事実」であり、「現代における詩の、地獄のような故郷は、日本的な抒情詩=和歌のようなところにあるのではなく、このような情念のカオス、物語世界にあるのではないかという気がしてならない」という。これが結語の部分だが、この藤井氏の率直な感想、提言は、実はこの現代の、今日の状況にそのまままつながっているのではないか。源氏ブームはそれとして、今こそ私共は改めて、すぐれた文学の問いかける深い課題に耳を傾けるべきであろう。

以下、前回にふれた西郷信綱氏の『源氏物語を読むために』(平凡社、昭58)や、幻の章と呼ばれる「輝く日の宮」をそのまま題名とした丸谷才一氏の作品(講談社、平15)や、さらには吉本隆明氏の『源氏物語論』(大和書房、昭57)など、いま手許に置きながら語るべきことは多いが、すでに紙数も尽きた。実はこのように「あとがき」ながら長々と論じ書いてみたのは、執筆予定者のひとり欠けたこともあり、幾分はその余白を埋める想いもあったことであり、妄言の及ばぬ所は読者各自が、より深く読みとって戴ければ幸いである。

すでに述べた通り、所収の各論のすべてが様々な側面を掘り起こして多面的に論じられており、読者の眼を『源氏』に向かって、さらに広く開いてくれるものがあろう。最後に執筆の労をとられた方々に、心からの感謝を捧げたい。なお、次回は松本清張の生誕百年を記念して、『松本清張を読む』と題した一巻を予定している。期日は未定だが、年内には刊行の予定で御期待戴きたいと思う。

執筆者プロフィール

武　原　　　弘　（たけはら・ひろし）

1936年生。元梅光学院大学教授。著書に『源氏物語論―人物と叙法』（桜楓社）、『源氏物語の認識と求道』（おうふう）、「第一部の紫の上について」（『源氏物語の展望』第四輯　三弥井書店　共著）など。

関　　　一　雄　（せき・かずお）

1934年生。梅光学院大学特任教授。『国語複合動詞の研究』（笠間書院）、『平安時代和文語の研究』（同）、『平安物語の動画的表現と役柄語』（同）ほか。

安道百合子　（あんどう・ゆりこ）

1969年生。梅光学院大学専任講師。国文学研究資料館データベース・古典コレクション『吾妻鏡』『歴史物語』CD-ROM（岩波書店）ほか。

倉　本　　　昭　（くらもと・あきら）

1967年生。梅光学院大学文学部教授。「菊舎尼の和漢古典受容」（『梅光学院大学公開講座論集　誹諧から俳句へ』笠間書院）、「『経雅卿雑記』拾遺」（堀切実編『近世文学研究の新展開―俳諧と小説』ぺりかん社）ほか。

秋 山　　虔　（あきやま・けん）

1924年生。東京大学名誉教授。『源氏物語の世界』（東京大学出版会）、『王朝女流文学の形成』（塙書房）、『王朝の文学空間』（東京大学出版会）、『紫式部』（平凡社）ほか。

目加田さくを　（めかだ・さくを）

1917年生。梅光学院大学・福岡女子大学名誉教授。著書に『平仲物語論』（武蔵野書院）、『物語作家圏の研究』（同）『枕草子論』（笠間書院）、『源氏物語論』（同）、『大鏡論』（同）、『平安朝サロン文芸史論』（風間書房）、『私家集論 I』『同 II』（笠間書院）、『源重之集・子の僧の集・重之女集全釈』（風間書房）ほか。

伊 原　　昭　（いはら・あき）

1917年生。梅光学院大学名誉教授。『文学にみる日本の色』（朝日新聞社）、『王朝の色と美』（笠間書院）、『日本文学色彩用語集成』［上代一］［上代二］［中古］［中世］［近世］全5冊（同）ほか。

田 坂 憲 二　（たさか・けんじ）

1952年生。福岡女子大学教授。『源氏物語の人物と構想』（和泉書院）、『文学全集の黄金時代』（同）、「河内本の注釈」（『源氏物語の注釈史』おうふう）ほか。

源氏物語《げんじものがたり》の愉《たの》しみ

梅光学院大学公開講座論集　第57集

2009年6月30日　初版第1刷発行

佐藤泰正

1917年生。梅光学院大学特任教授。文学博士。著書に『日本近代詩とキリスト教』(新教出版社)、『文学　その内なる神』(おうふう)、『夏目漱石論』(筑摩書房)、『中原中也という場所』(思潮社)、『佐藤泰正著作集』全13巻 (翰林書房) ほか。

編者

右澤康之

装幀

株式会社　シナノ

印刷／製本

有限会社　笠間書院

〒101-0064　東京都千代田区猿楽町 2-2-3

Tel 03(3295)1331　Fax 03(3294)0996

発行所

ISBN　978-4-305-60258-9　C0395　NDC分類：914.6

佐藤泰正編　笠間ライブラリー◆梅光学院大学公開講座

1 文学における笑い

古代文学と笑い■山路平四郎　今昔物語集の笑い■宮田尚　芭蕉俳諧における「笑い」■復本一郎　「猫」の笑いとその背後にあるもの■佐藤泰正　椎名文学における〈笑い〉と〈ユーモア〉■宮野光男　天上の笑いと地獄の笑い■安森敏隆　中国古典に見る笑い■白木進　シェイクスピアと笑い■後藤武士　風刺と笑い■奥山康治　現代アメリカ文学におけるユダヤ人の歪んだ笑い■今井夏彦

60214-8
品　切

2 文学における故郷

民族の魂の故郷■国分直一　古代文学における故郷■岡田喜久男　源氏物語における望郷の歌■武原弘　近代芸術における故郷■磯田光一　近代詩と〈故郷〉■佐藤泰正　文学における故郷の問題■早川雅之　〈故郷〉への想像力■武田友寿　椎名文学における〈故郷〉■宮野光男　民族の中のことば■岡野信子　英語のふるさと■田中美輝夫

60215-6
1000円

3 文学における夢

先史古代人の夢■国分直一　夢よりもはかなき■森田兼吉　夢幻能に見る人間の運命■池田富蔵　「今昔物語集」の夢■高橋貢　伴善男の夢■宮田尚　〈夢〉■佐藤泰正　夢と文学■饗庭孝男　寺山修司における〈地獄〉の夢■安森敏隆　夢と幻視の原点■水田巌　エズラ・パウンドの夢の歌■佐藤幸夫　キャサリン・マンスフィールドと「子供の夢」■吉津成久

50189-9
品　切

4 日本人の表現

和歌における即物的表現と即心的表現■山路平四郎　王朝物語の色彩表現■伊原昭　「罪と罰」雑感■桶谷秀昭　漱石の表現技法と英文学■矢本貞幹　芥川の「手巾」に見られる日本人の表現■向山義彦　『文章読本』管見■常岡晃　九州弁の表現法■藤原与一　英語と日本語の表現構造■村田忠男　日本人の音楽における特性■中山敦

50190-2
1000円

ISBNは頭に978-4-305を付けご利用下さい。

佐藤泰正編　笠間ライブラリー❖梅光学院大学公開講座

5

文学における宗教

旧約聖書における文学と宗教▍関根正雄　キリスト教と文学の接点▍大塚野百合　エミリー・ブロンテの信仰▍宮川下枝　セアラの愛▍宮野祥子　ヘミングウェイと聖書的人間像▍樋口日出雄　ジョルジュ・ベルナース論▍上総英郎　ポール・クローデルのみた日本の心▍石進　『風立ちぬ』の世界▍佐藤泰正　椎名麟三とキリスト教▍宮野光男　塚本邦雄における〈神〉の位相▍安森敏隆

50191-0
1000円

6

文学における時間

先史古代社会における時間▍国分直一　古代文学における時間▍岡田喜久男　漱石における時間▍佐藤泰正　戦後小説の時間▍利沢行夫　椎名文学における〈時間〉▍宮野光男　文学における瞬間と持続▍山形和美　十九世紀イギリス文学における「時間」▍藤田清次　英語時制の問題点▍加島康司　ヨハネ福音書における「時」▍峠口新

50192-9
1000円

7

文学における自然

源氏物語の自然▍武原弘　源俊頼の自然詠について▍関根慶子　透谷における「自然」▍平岡敏夫　漱石における〈自然〉▍佐藤泰正　中国文学に於ける自然観▍今浜通隆　ワーズワス・自然・パストラル▍野中涼　アメリカ文学と自然▍東山正芳　ヨーロッパ近代演劇と自然主義▍徳永哲　イプセン作「テーリエ・ヴィーゲン」の海▍中村都史子

50193-7
1000円

8

文学における風俗

倭人の風俗▍国分直一　『今昔物語集』の受領たち▍宮田尚　浮世草子と風俗▍渡辺憲司　椎名文学における〈風俗〉▍宮野光男　藤村と芥川の風俗意識に見られる近代日本文学の歩み▍向山義彦　文学の「場」としての風俗▍磯田光一　現代アメリカ文学における風俗▍今井夏彦　風俗への挨拶▍新谷敬三郎　哲学と昔話▍荒木正見　ことばと風俗▍村田忠男

50194-5
1000円

ISBNは頭に978-4-305を付けご利用下さい。

佐藤泰正編　笠間ライブラリー❖梅光学院大学公開講座

9 文学における空間

魏志倭人伝の方位観■国分直一　はるかな空間への憧憬と詠歌■岩崎禮太郎　漱石における空間―序説■佐藤泰正　文学空間としての北海道■小笠原克　文学における空間■矢本貞幹　ヨーロッパ近代以降の戯曲空間と「生」■徳永哲　W・B・イエイツの幻視空間■星野徹　言語における空間■岡野信子　ボルノーの空間論■森田美千代　聖書の解釈について■岡山好江

50195-3
1000円

10 方法としての詩歌

源氏物語の和歌について■武原弘　近代短歌の方法意識■前田透　方法としての近代歌集■佐佐木幸綱　宮沢賢治―その挽歌をどう読むか■佐藤泰正　詩の構造分析■関根英二　『水葬物語』論■安森敏隆　私の方法■谷川俊太郎　シェイクスピアと詩■後藤武士　方法としての詩―W・C・ウィリアムズの作品に即して■徳永暢三　日英比較詩法■樋口日出雄　北欧の四季の歌■中村都史子

50196-1
1000円

11 語りとは何か

「語り」の内面■武田勝彦　異常な語り■荒木正見　『谷の影』における素材と語り■徳永哲　ヘミングウェイと語り■樋口日出雄　『フンボルトの贈物』■今石正人　『古事記』における物語と歌謡■岡田喜久男　語りとは何か■藤井貞和　日記文学における語りの性格■森田兼吉　〈語り〉の転移■佐藤泰正

50197-×
1000円

12 ことばの諸相

ロブ・グリエ「浜辺」から■関根英二　俳句・短歌・詩における〈私〉の問題■北川透　イディオットの言語■赤祖父哲二　『源氏物語』の英訳をめぐって■井上英明　ボルノーの言語論■森田美千代　英文法■加島康司　英語変形文法入門■本橋辰至　「比較級＋than 構造」と否定副詞■福島一人　現時点でみる国内国外における日本語教育の種々相■白木進　仮名と漢字■平井秀文

50198-8
1100円

ISBN は頭に978- 4 -305を付けご利用下さい。

佐藤泰正編　笠間ライブラリー❖梅光学院大学公開講座

13 文学における父と子

家族をめぐる問題▍国分直一　孝と不幸との間▍宮田尚　俊成と定家▍岩崎禮太郎　浮世草子の破家者達▍渡辺憲司　明治の〈二代目たち〉の苦闘▍中野新治　ジョバンニの父とはなにか▍吉本隆明　子の世代の自己形成▍吉津成久　父を探すヤペテ＝スティーヴン▍鈴木幸夫　S・アンダスン文学における父の意義▍小園敏幸　ユダヤ人における父と子の絆▍今井夏彦

50199-6
1000円

14 文学における海

古英詩『ベオウルフ』における海▍矢田裕士　ヘンリー・アダムズと海▍樋口日出雄　海の慰め▍小川国夫　万葉人たちのうみ▍岡田喜久男　中世における海の歌▍池田富蔵　「待つ」ことのコスモロジー▍杉本春生　三島由紀夫における〈海〉▍佐藤泰正　吉行淳之介の海▍関根英二　海がことばに働くとき▍岡野信子　現象としての海▍荒木正見

50200-3
1000円

15 文学における母と子

『蜻蛉日記』における母と子の構図▍守屋省吾　女と母と▍安森敏隆　母と子▍中山和子　汚辱と神聖と▍斎藤末弘　文学のなかの母と子▍宮野光男　母の魔性と神性▍渡辺美智子　『海へ騎り行く人々』にみる母の影響▍徳永哲　ボルノーの母子論▍森田美千代　マターナル・ケア▍たなべ・ひでのり

60216-4
1000円

16 文学における身体

新約聖書における身体▍峠口新　身体論の座標▍荒木正見　G・グリーン「燃えつきた人間」の場合▍宮野祥子　身体・国土・聖別▍井上英明　身体論的な近代文学のはじまり▍亀井秀雄　近代文学における身体▍吉田凞生　漱石における身体▍佐藤泰正　竹内敏晴のからだ論▍森田美千代　短歌における身体語の位相▍安森敏隆

60217-2
1000円

ISBNは頭に978-4-305を付けご利用下さい。

佐藤泰正編　笠間ライブラリー❖梅光学院大学公開講座

17 日記と文学

『かげろうの日記』の拓いたもの▌森田兼吉　『紫式部日記』論予備考説▌武原弘　建保期の定家と明月記▌岩崎禮太郎　二世市川団十郎日記抄の周辺▌渡辺憲司　傍観者の日記・作品の中の傍観者▌中野新治　一葉日記の文芸性▌村松定孝　作家と日記▌宮野光男　日記の文学と文学の日記▌中野記偉　『自伝』にみられるフレーベルの教育思想▌吉岡正宏

60218-0
1000円

18 文学における旅

救済史の歴史を歩んだひとびと▌岡山好江　天都への旅▌山本俊樹　ホーソンの作品における旅の考察▌長岡政憲　アラン島の生活とシング▌徳永哲　海上の道と神功伝説▌国分直一　万葉集における旅▌岡田喜久男　〈旅といのち〉の文学▌岩崎禮太郎　同行二人▌白石悌三　『日本言語地図』から20年▌岡野信子

60219-9
1000円

19 事実と虚構

『遺物』における虚像と実像▌木下尚子　鹿谷事件の〈虚〉と〈実〉▌宮田尚　車内空間と近代小説▌剣持武彦　斎藤茂吉における事実と虚構▌安森敏隆　太宰治▌長篠康一郎　竹内敏晴における事実と虚構▌森田美千代　遊戯論における現実と非現実の世界▌吉岡正宏　テニスン『イン・メモリアム』考▌渡辺美智子　シャーウッド・アンダスンの文学における事実と虚構▌小園敏幸

60220-2
1000円

20 文学における子ども

子ども―「大人の父」―▌向山淳子　児童英語教育への効果的指導▌伊佐雅子　『源氏物語』のなかの子ども▌武原弘　芥川の小説と童話▌浜野卓也　近代詩のなかの子ども▌佐藤泰正　外なる子ども　内なる子ども▌いぬいとみこ　「内なる子ども」の変容をめぐって▌高橋久子　象徴としてのこども▌荒木正見　子どもと性教育▌古澤暁　自然主義的教育論における子ども観▌吉岡正宏

60221-0
1000円

ISBNは頭に978-4-305を付けご利用下さい。

佐藤泰正編　笠間ライブラリー❖梅光学院大学公開講座

21 文学における家族

平安日記文学に描かれた家族のきずな■森田兼吉　家族の発生■山田有策　塚本邦雄における〈家族〉の位相■安森敏隆　中絶論■芹沢俊介　「家族」の脱構築■吉津成久　清貧の家族■向山淳子　家庭教育の人間学的考察■広岡義之　日米の映画にみる家族■樋口日出雄

60222-9
1000円

22 文学における都市

欧米近代戯曲と都市生活■徳永哲　都市とユダヤの「隙間」■今井夏彦　ボルノーの「空間論」についての一考察■広岡義之　民俗における都市と村落■国分直一　〈都市〉と「恨の介」前後■渡辺憲司　百閒と漱石――反＝三四郎の東京■西成彦　都市の中の身体　身体の中の都市■小森陽一　宮沢賢治における「東京」■中野新治　都市の生活とスポーツ■安富俊雄

60223-7
1000円

23 方法としての戯曲

『古事記』における演劇的なものについて■岡田喜久男　方法としての戯曲■松崎仁　椎名麟三戯曲「自由の彼方で」における〈神の声〉■宮野光男　方法としての戯曲■高堂要　欧米近代戯曲における「神の死」の諸相■徳永哲　戯曲とオペラ■原口すま子　島村抱月とイプセン■中村都史子　ボルノーにおける「役割からの解放」概念について■広岡義之　〈方法としての戯曲〉とは■佐藤泰正

60224-5
1000円

24 文学における風土

ホーソーンの短編とニューイングランドの風土■長岡政憲　ミシシッピー川の風土とマーク・トウェイン■向山淳子　現代欧米戯曲にみる現代的精神風土■徳永哲　神聖ローマの残影■栗田廣美　豊国と常陸国■国分直一　『今昔物語集』の〈九州〉■宮田尚　賢治童話と東北の自然■中野新治　福永武彦における「風土」■曽根博義　『日本言語地図』上に見る福岡県域の方言状況■岡野信子　スポーツの風土■安富俊雄

60225-3
1000円

ISBNは頭に978-4-305を付けご利用下さい。

佐藤泰正編　笠間ライブラリー❖梅光学院大学公開講座

25

「源氏物語」を読む

源氏物語の人間■目加田さくを　「もののまぎれ」の内容■今井源衛　『源氏物語』における色のモチーフ■伊原昭　光源氏はなぜ絵日記を書いたか■森田兼吉　弘徽殿大后試論■田坂憲二　末期の眼■武原弘　源氏物語をふまえた和歌■岩崎禮太郎　光源氏の生いたちについて■井上英明　『源氏物語』の中国語訳をめぐる諸問題■林水福　〈読む〉ということ■佐藤泰正

60226-1
品　切

26

文学における二十代

劇作家シングの二十歳■徳永哲　エグサイルとしての二十代■吉津成久　アメリカ文学と青年像■樋口日出雄　儒者・文人をめざす平安中期の青年群像■今浜通隆　維盛の栄光と挫折■宮田尚　イニシエーションの街—「三四郎」■石原千秋　「青春」という仮構■紅野謙介　二十代をライフサイクルのなかで考える■古澤暁　文学における明治二十年代■佐藤泰正

60277-×
1000円

27

文体とは何か

文体まで■月村敏行　新古今歌人の歌の凝縮的表現■岩崎禮太郎　大田南畝の文体意識■久保田啓一　太宰治の文体—「富嶽百景」再攷■鶴谷憲三　表現の抽象レベル■野中涼　語彙から見た文体■福島一人　新聞及び雑誌英語の文体に関する一考察■原田一男　〈海篇〉に散見される特殊な義注文体■遠藤由里子　漱石の文体■佐藤泰正

60228-8
品　切

28

フェミニズムあるいはフェミニズム以後

近代日本文学のなかのマリアたち■宮野光男　「ゆき女きき書」成立考■井上洋子　シェイクスピアとフェミニズム■朱雀成子　フランス文学におけるフェミニズムの諸相■常岡晃　女性の現象学■広岡義之　フェミニスト批判に対して■富山太佳夫　言語運用と性■松尾文子　アメリカにおけるフェミニズムあるいはフェミニスト神学■森田美千代　山の彼方にも世界はあるのだろうか■中村都史子　スポーツとフェミニズム■安富俊雄　近代文学とフェミニズム■佐藤泰正

60229-6
1000円

ISBNは頭に978-4-305を付けご利用下さい。

佐藤泰正編　笠間ライブラリー❖梅光学院大学公開講座

29 文学における手紙

手紙に見るカントの哲学■黒田敏夫　ブロンテ姉妹と手紙■宮川下枝　シングの孤独とモリーへの手紙■徳永哲　苦悩の手紙■今井夏彦　平安女流日記文学と手紙■森田兼吉　『今昔物語集』の手紙■宮田尚　書簡という解放区■金井景子　塵の世・仙境・狂気■中島国彦　「郵便脚夫」としての賢治■中野新治　漱石―その〈方法としての書簡〉■佐藤泰正

60230-×
1000円

30 文学における老い

古代文学の中の「老い」■岡田喜久男　「楢山節考」の世界■鶴谷憲三　限界状況としての老い■佐古純一郎　聖書における老い■峠口　新　老いゆけよ我と共に―R・ブラウニングの世界■向山淳子　アメリカ文学と〝老い〟■大橋健三郎　シャーウッド・アンダスンの文学におけるグロテスクと老い■小園敏幸　ヘミングウェイと老人■樋口日出雄　「老い」をライフサイクルのなかで考える■古澤　暁　〈文学における老い〉とは■佐藤泰正

60231-8
1000円

31 文学における狂気

預言と狂気のはざま■松浦義夫　シェイクスピアにおける狂気■朱雀成子　近代非合理主義運動の功罪■広岡義之　G・グリーン『おとなしいアメリカ人』を読む■宮野祥子　狂気と江戸時代演劇■松崎仁　北村透谷―「疎狂」の人■藪禎子　萩原朔太郎の「殺人事件」■北川透　狂人の手記■木股知史　森内俊雄文学のなかの〈狂気の女〉■宮野光男　〈文学における狂気〉とは■佐藤泰正

60232-6
1000円

32 文学における変身

言語における変身■古川武史　源氏物語における人物像変貌の問題■武原弘　ドラマの不在・変身■中野新治　変身、物語の母型―漱石『こゝろ』管見―■浅野洋　唐代伝奇に見える変身譚―■増子和男　神の巫女―谷崎潤一郎〈サイクル〉の変身―■清水良典　メタファーとしての変身―■北川透　イエスの変貌と悪霊に取りつかれた子の癒し―■森田美千代　〈文学における変身〉とは■佐藤泰正　トウェインにおける変身、或いは入れ替わりの物語■堤千佳子

60233-4
1000円

ISBNは頭に978-4-305を付けご利用下さい。

佐藤泰正編　笠間ライブラリー❖梅光学院大学公開講座

33 シェイクスピアを読む

多義的な〈真実〉■鶴谷憲三　『オセロー』―女たちの表象■朱雀成子　昼の闇に飛翔する〈せりふ〉■徳永哲　シェイクスピアと諺■向山淳子　ジョイスのなかのシェイクスピア■吉津成久　シェイクスピアを社会言語学的視点から読む■高路善章　シェイクスピアの贋作■大場建治　シェイクスピア劇における特殊と普遍■柴田稔彦　精神史の中のオセロウ■藤田実　漱石とシェイクスピア■佐藤泰正

60234-2　1000円

34 表現のなかの女性像

「小町変相」論■須浪敏子　〈男〉の描写から〈女〉を読む■森田兼吉　シャーウッド・アンダスンの女性観■小園敏幸　矢代静一「泉」を読む■宮野光男　和学者の妻たち■久保田啓一　文読む女・物縫う女■中村都史子　運動競技と女性のミステリー■安冨俊雄　マルコ福音書の女性たち■森田美千代　漱石の描いた女性たち■佐藤泰正

60235-0　1000円

35 文学における仮面

文体という仮面■服部康喜　変装と仮面■石割透　キリスト教におけるペルソナ（仮面）■松浦義夫　ギリシャ劇の仮面から現代劇の仮面へ■徳永哲　ボルノーにおける「希望」の教育学■広岡義之　ブラウニングにおけるギリシャ悲劇〈仮面劇〉の受容■松浦美智子　見えざる仮面■松崎仁　〈仮面〉の犯罪■北川透　〈文学における仮面〉とは■佐藤泰正　テニソンの仮面■向山淳子

60236-9　1000円

36 ドストエフスキーを読む

ドストエフスキー文学の魅力■木下豊房　光と闇の二連画■清水孝純　ロシア問題■新谷敬三郎　萩原朔太郎とドストエフスキー■北川透　ドストエフスキーにおけるキリスト理解■松浦義夫　「罪と罰」におけるニヒリズムの超克■黒田敏夫　『地下室の手記』を読む■徳永哲　太宰治における〈ドストエフスキー〉■鶴谷憲三　呟きは道化の祈り■宮野光男　ドストエフスキイと近代日本の作家■佐藤泰正

60237-7　1000円

ISBNは頭に978-4-305を付けご利用下さい。

佐藤泰正編　笠間ライブラリー❖梅光学院大学公開講座

37
文学における道化

受苦としての道化■柴田勝二　笑劇（ファルス）の季節、あるいは蛸博士の二重身■花田俊典　〈道化〉という仮面■鶴谷憲三　道化と祝祭■安冨俊雄　『源氏物語』における道化■武原弘　濫行の僧たち■宮田尚　近代劇、現代劇における道化■徳永哲　シェイクスピアの道化■朱雀成子　ブラウニングの道化役■向山淳子　〈文学における道化〉とは■佐藤泰正

60238-5
1000円

38
文学における死生観

斎藤茂吉の死生観■安森敏隆　平家物語の死生観■松尾葦江　キリスト教における死生観■松浦義夫　ケルトの死生観■吉津成久　ヨーロッパ近・現代劇における死生観■徳永哲　教育人間学が問う「死」の意味■広岡義之　「死神」談義■増子和男　宮沢賢治の生と死■中野新治　〈文学における死生観〉とは■佐藤泰正　ブライアントとブラウニング■向山淳子

60239-3
1000円

39
文学における悪

カトリック文学における悪の問題■富岡幸一郎　エミリ・ブロンテと悪■斎藤和明　電脳空間と悪■樋口日出雄　悪魔と魔女と妖精と■樋口紀子　近世演劇に見る悪の姿■松崎仁　『今昔物語集』の悪行と悪業■宮田尚　『古事記』に見る「悪」■岡田喜久男　〈文学における悪〉とは―あとがきに代えて―■佐藤泰正　ブラウニングの悪の概念■向山淳子

60240-7
1000円

40
「こころ」から「ことば」へ　「ことば」から「こころ」へ

〈道具〉扱いか〈場所〉扱いか■中右実　あいさつ対話の構造・特性とあいさつことばの意味作用■岡野信子　人間関係の距離認知とことば■高路善章　外国語学習へのヒント■吉井誠　伝言ゲームに起こる音声的な変化について■有元光彦　話法で何が伝えられるか■松尾文子　〈ケルトのこころ〉が囁く■吉津成久　文脈的多義と認知的多義■国広哲弥　〈ことばの音楽〉をめぐって■北川透　言葉の逆説性をめぐって■佐藤泰正

60241-3
1000円

ISBNは頭に978-4-305を付けご利用下さい。

佐藤泰正編　笠間ライブラリー❖梅光学院大学公開講座

41 異文化との遭遇

〈下層〉という光景■出原隆俊　横光利一とドストエフスキーをめぐって■小田桐弘子　説話でたどる仏教東漸■宮田尚　キリスト教と異文化■松浦義夫　ラフカディオ・ハーンから小泉八雲へ■吉津成久　アイルランドに渡った「能」■徳永哲　北村透谷とハムレット■北川透　国際理解と相克■堤千佳子　〈異文化との遭遇〉とは■佐藤泰正　Englishness of English Haiku and Japaneseness of Japanese Haiku■湯浅信之

60242-3
1000 円

42 癒しとしての文学

イギリス文学と癒しの主題■斎藤和明　癒しは、どこにあるか■宮川健郎　トマス・ピンチョンにみる癒し■樋口日出雄　魂の癒しとしての贖罪■松浦義夫　文学における癒し■宮野光男　読書療法をめぐる十五の質問に答えて■村中李衣　宗教と哲学における魂の癒し■黒田敏夫　ブラウニングの詩に見られる癒し■松浦美智子　『人生の親戚』を読む■鶴谷憲三　〈癒しとしての文学〉とは■佐藤泰正

60243-1
1000 円

43 文学における表層と深層

『風立ちぬ』の修辞と文体■石井和夫　遠藤周作『深い河』の主題と方法■笠井秋生　宮沢賢治における「超越」と「着地」■中野新治　福音伝承における表層と深層■松浦義夫　ジャガ芋大飢饉のアイルランド■徳永哲　V・E・フランクルにおける「実存分析」についての一考察■広岡義之　G・グリーン『キホーテ神父』を読む■宮野祥子　〈文学における表層と深層〉とは■佐藤泰正　言語構造における深層と表層■古川武史

60244-X
1000 円

44 文学における性と家族

「ウチ」と「ソト」の間で■重松恵子　〈流浪する狂女〉と〈二階の叔父さん〉■関谷由美子　庶民家庭における一家団欒の原風景■佐野茂　近世小説における「性」と「家族」■倉本昭　『聖書』における「家族」と「性」■松浦義夫　『ハムレット』を読み直す■朱雀成子　ノラの家出と家族問題■徳永哲　『ユリシーズ』における「寝取られ亭主」の心理■吉津成久　シャーウッド・アンダスンの求めた性と家族■小園敏幸　〈文学における性と家族〉とは■佐藤泰正

60245-8
1000 円

ISBN は頭に978- 4 -305を付けご利用下さい。

佐藤泰正編　笠間ライブラリー❖梅光学院大学公開講座

45 太宰治を読む

太宰治と井伏鱒二▍相馬正一　太宰治と旧制弘前高等学校▍鶴谷憲三　『新釈諸国噺』の裏側▍宮田　尚　花なき薔薇▍北川透　『人間失格』再読▍佐藤泰正　「外国人」としての主人公の位置について▍村瀬　学　太宰治を読む▍宮野光男　戦時下の太宰・一面▍佐藤泰正

60246-6
1000 円

46 鷗外を読む

「鷗外から司馬遼太郎まで」▍山崎正和　鷗外の『仮名遣意見』について▍竹盛天雄　森鷗外の翻譯文學▍小堀桂一郎　森鷗外における「名」と「物」▍中野新治　小倉時代の森鷗外▍小林慎也　多面鏡としての〈戦争詩〉▍北川　透　鷗外と漱石▍佐藤泰正

60247-4
1000 円

47 文学における迷宮

『新約聖書』最大の迷宮▍松浦義夫　源氏物語における迷宮▍武原　弘　富士の人穴信仰と黄表紙▍倉本　昭　思惟と存在の迷路▍黒田敏夫　「愛と生の迷宮」▍松浦美智子　死の迷宮の中へ▍徳永　哲　アメリカ文学に見る「迷宮」の様相▍大橋健三郎　アップダイクの迷宮的世界▍樋口日出雄　パラノイアック・ミステリー▍中村三春　〈文学における迷宮〉とは▍佐藤泰正

60248-2
1000 円

48 漱石を読む

漱石随想▍古井由吉　漱石における東西の葛藤▍湯浅信之　「坊っちゃん」を読む▍宮野光男　漱石と朝日新聞▍小林慎也　人情の復活▍石井和夫　強いられた近代人▍中野新治　〈迷羊〉の彷徨▍北川　透　「整った頭」と「乱れた心」▍田中　実　『明暗』における下位主題群の考察（その二）▍石崎　等　〈漱石を読む〉とは▍佐藤泰正

60249-0
1000 円

49 戦争と文学

戦争と歌人たち▍篠　弘　二つの戦後▍加藤典洋　フランクルの『夜と霧』を読み解く▍広岡義之　〈国民詩〉という罠▍北川　透　後日談としての戦争▍樋口日出雄　マーキェヴィッツ伯爵夫人とイェイツの詩▍徳永　哲　返忠（かえりちゅう）▍宮田　尚　『新約聖書』における聖戦▍松浦義夫　戦争文学としての『趣味の遺伝』▍佐藤泰正

60250-4
1000 円

ISBNは頭に978-4-305を付けご利用下さい。

佐藤泰正編　笠間ライブラリー❖梅光学院大学公開講座

50 宮沢賢治を読む

詩人、詩篇、そしてデモン▍天沢退二郎　イーハトーヴの光と風▍松田司郎　宮沢賢治における「芸術」と「実行」▍中野新治　賢治童話の文体-その問いかけるもの▍佐藤泰正　宮沢賢治と中原中也▍北川透　宮沢賢治のドラゴンボール▍秋枝美保　「幽霊の複合体」をめぐって▍原子朗　「銀河鉄道の夜」▍山根知子　「風の又三郎」異聞▍宮野光男

60251-2
1000 円

51 芥川龍之介を読む

海老井英次▍「羅生門」の読み難さ　宮坂覺▍「杜子春」論　関口安義▍「玄鶴山房」を読む　中野新治▍「蜘蛛の糸」あるいは「温室」という装置　北川透▍文明開化の花火　宮野光男▍芥川龍之介「南京の基督」を読む　宮田尚▍芥川龍之介と『今昔物語集』との出会い　向山義彦▍日本英文学の「独立宣言」と、漱石-芥川の伝統路線に見える近代日本文学の運命　松本常彦▍芥川龍之介と弱者の問題　佐藤泰正▍芥川―その〈最終章〉の問いかけるもの

60252-0
1000 円

52 遠藤周作を読む

木崎さと子▍神学と小説の間　遠藤順子▍夫・遠藤周作と過ごした日々　加藤宗哉▍おどけと哀しみと―人生の天秤棒　山根道公▍遠藤周作と井上洋治　高橋千劔破▍遠藤周作における心の故郷と歴史小説　笠井秋生▍「わたしが・棄てた・女」について　小林慎也▍虚構と事実の間　宮野光男▍遠藤周作「深い河」を読む　佐藤泰正▍遠藤文学の受けついだもの

60253-9
1000 円

53 俳諧から俳句へ

俳諧から俳句へ▍坪内稔典　マンガ『奥の細道』▍堀切実　戦後俳句の十数年▍阿部誠文　インターネットで連歌を試みて▍湯浅信之　花鳥風月と俳句▍小林慎也　菊舎尼の和漢古典受容▍倉本昭　鶏頭の句の分からなさ▍北川透　芭蕉・蕪村と近代文学▍佐藤泰正

60254-7
1000 円

54 中原中也を読む

『全集』という生きもの▍佐々木幹郎　中原中也とランボー▍宇佐美斉　山口と中也▍福田百合子　亡き人との対話―宮沢賢治と中原中也―▍中原豊　《「無」の軌道》を内包する文学―中原中也と太宰治の出会い―▍北川透　中原中也　あるいは　魂の労働者▍中野新治　ゆらゆれる「ゆあーん　ゆよーん」―中原中也「サーカス」の改稿と行の字下げをめぐって―▍加藤邦彦　中原中也をどう読むか―その〈宗教性〉の意味を問いつつ―▍佐藤泰正

60255-5
1000 円

ISBNは頭に978-4-305を付けご利用下さい。

佐藤泰正編　笠間ライブラリー❖梅光学院大学公開講座

55 戦後文学を読む

敗戦文学論　**桶谷秀昭**▍戦争体験の共有は可能か―浮遊する〈魂〉と彷徨する〈けもの〉について―　**栗坪良樹**▍危機ののりこえ方―大江健三郎の文学―　**松原新一**▍マリアを書く作家たち―椎名麟三「マグダラのマリア」に言い及ぶ―　**宮野光男**▍松本清張の書いた戦後―『点と線』『日本の黒い霧』など―　**小林慎也**▍三島由紀夫『春の雪』を読む　**北川透**▍現代に〈教養小説〉は可能か―村上春樹『海辺のカフカ』を読む―　**中野新治**▍戦後文学の問いかけるもの―漱石と大岡昇平をめぐって―　**佐藤泰正**

60256-5
1000 円

56 文学海を渡る

ことばの海を越えて―シェイクスピア・カンパニーの出帆―　**下館和巳**▍想像力の往還―カフカ・公房・春樹という惑星群―　**清水孝純**▍ケルトの風になって―精霊の宿る島愛蘭と日本の交流―　**吉津成久**▍パロディー、その喜劇への変換―太宰治『新ハムレット』考―　**北川透**▍黒澤明の『乱』―『リア王』の変容―　**朱雀成子**▍赤毛のアンの語りかけるもの　**堤千佳子**▍「のっぺらぼう」考―その「正体」を中心として―　**増子和男**▍近代日本文学とドストエフスキイ―透谷・漱石・小林秀雄を中心に―　**佐藤泰正**

60257-2
1000 円

ISBN は頭に978- 4 -305を付けご利用下さい。